先生たちの秘密のお遊戯
「た、鷹邑さん、それっ」
そして、彼が更に塗り足そうとしているものの正体を知って、ギョッと目を剥いた。
手元に引き寄せた銀のボウルから掬い取ったそれは、純白のクリームだ。
「豆乳クリームだよ。好きだって言ってただろ？
ロールケーキを焼こうと思って泡立てたんだ。でも——…使い道を変更だな」

先生たちの秘密のお遊戯

棒名 悠

15169

角川ルビー文庫

もくじ

口絵・本文イラスト／みなみ　遥

1

ほんのりと石鹸《せっけん》の香《かお》りが漂《ただよ》ってきそうな、清潔な真っ白いシャツ。

シワ一つない、ピシッと折り目のついた漆黒《しっこく》のパンツ。

その上から身につけるエプロンは、今日はスタイリッシュなデザインのネイビーと白の細縞《じま》模様。キュッと紐《ひも》を前で結ぶタイプのデザインが、彼のウエストの細さをより際立《きわだ》たせる。

一見、どこかの洒落《しゃれ》たカフェで働くギャルソンのような恰好《かっこう》だが——。

「「まーせーんーせー。おはよーございまーす！」」

舌たらずな声で彼に挨拶《あいさつ》をしてきたのは、お茶をしにやってきた若い女性客——ではなく、色違《いろちが》いのリボンの帽子《ぼうし》を被《かぶ》り、揃《そろ》いの鞄《かばん》を肩《かた》から斜《なな》め掛《が》けにした男の子と女の子だ。

途端《とたん》パッと破顔した蓮宮麻貴《はすみやまき》は、弾《はじ》かれたように振《ふ》り返った。

「おはよう！」

実年齢《じつねんれい》よりもいくらか年下に見える童顔に子どもたちに負けず劣《おと》らずの満面の笑《え》みを浮《う》かべて嬉《うれ》しそうにブンブンと手を振り返す姿は、天然の栗《くり》色の髪《かみ》の毛がやわらかな朝の光を弾いてキラキラと輝《かがや》いて見える。

くるりとしたビー玉のように丸い瞳《ひとみ》に、小さめの鼻。ふっくらとした唇《くちびる》といまだ幼さの残る頬《ほお》は、小さな彼らと同じ薔薇《ばら》色だ。あどけない表情をくしゃりと崩《くず》して笑う彼の人懐《ひとなつ》っこい笑顔は、老若男女《ろうにゃくなんにょ》問わずふんわりと小さな幸せを感じさせてくれる。

豪奢《ごうしゃ》な門と大きな建物を結ぶ白いアプローチの真ん中でブンブンと手を振っていた二人は、そんな麻貴の笑顔を確認《かくにん》して嬉しそうに顔を見合わせると、タッと競《きそ》うようにして走り出した。彼らの頭上で淡《あわ》いグリーンとピンクのリボンが初夏の風にひらりと翻《ひるがえ》る。

「あっ、転ばないように気をつけて」

あと一ミリでも傾《かたむ》いたらころんと転がってしまいそうな危《あや》ういバランスを絶妙《ぜつみょう》に保ちながら、懸命《けんめい》に短い手足を動かして駆《か》け寄ってくる様子を、麻貴は広い玄関《げんかん》ホールから見守りながら内心ハラハラして彼らの到着《とうちゃく》を待つ。

あと少し…、もうちょっと…。

「マキせんせっ！」

ぼすんと、二人はほぼ同時に麻貴の腕《うで》の中に飛び込んできた。

「おはよう。龍《りゅう》くん、加奈《かな》ちゃん」

勢いに押されて危うく尻餅《しりもち》をつきそうになったけれど、どうにか踏《ふ》ん張ってしっかりと受け止めてやる。小さな頭をよしよしと撫《な》でてやると、くすぐったそうに首を竦《すく》めてみせふかふかとしたやわらかい頬を胸元《むなもと》にすり寄せてくるかわいい子どもたち。リボン付きの白襟《しろえり》の黄緑ラインと同色のリボン留めは、麻貴が担当する三歳児クラス、『うさぎぐみ』の印だ。

私立『さくらおか保育園』。

とんでもなく金持ちだと噂《うわさ》される理事長が、慈善《じぜん》事業の一環《いっかん》として数年前に設立したここは、正面から見て想像する以上の敷地《しきち》の広さと充実《じゅうじつ》した最新設備を兼《か》ね備えた保育園である。園の方針で保育は朝八時から夕方六時までときっちり時間が限られているものの、その独創性に富んだ園風は保護者・子どもともに人気があり、毎年新園児募集《ぼしゅう》時には申し込みが殺到《さっとう》していた。

園の豪奢な正門をくぐると、目の前に広がるのは手入れの行き届いた青々とした芝生《しばふ》の海。その間を割るようにしてレッドカーペットならぬホワイトカーペットのごとく白石のアプローチが真っ直《す》ぐに延び、その先は二階建ての大きな園舎に繫《つな》がっている。

朝日を反射してキラキラと輝く白道を、今日も元気いっぱいに踏みしめて登園してくる保育園カラーの通園服、グリーンチェックの半ズボンとピンクチェックのスカートを身につけた園児たち。

そんな彼らを毎朝出迎《でむか》える麻貴は、この春からここ『さくらおか』で働くことになった新米保育士だ。まだ慣れないことばかりで四苦八苦しているものの、元々子どもが好きで中学の頃《ころ》から早くも目指す道を決めていた麻貴にとっては毎日が楽しく充実しており、とてもやりがいを感じる日々を送っている。

「…ん？」

今日も一日頑張《がんば》ろう！　といつものように気合いを入れつつふと見やると、ついさっきまで仲良さそうにしていた龍と加奈が、麻貴の腕の中でキッと眦《まなじり》をつり上げてお互《たが》いを睨《にら》み合っている。

一体どうしたのだろうかと不審《ふしん》に思って声をかけようとした麻貴は、だが次の二人の会話にうっと言葉を詰《つ》まらせた。

「マキせんせいは、カナとケッコンするんだもん！」

「ちがうよ！　マキせんせいは、ボクのおよめさんになるんだ！」

再度睨み合った二人は、次には両側から麻貴の腕を取り綱引《つなひ》きをし始める。

「うっ…、ちょっと、二人とも、待って…」

子どもたちは何をするにもいつも本気モードだ。三歳児とはいえその力はあなどれず、シャツの釦《ぼたん》が弾《はじ》け飛びそうな勢いに麻貴は内心で悲鳴を上げる。

ブチッと、背中の辺りで嫌《いや》な音が聞こえたような気がしたその時、

「おはようございます。麻貴先生」

暢気《のんき》におしゃべりをしながらようやく彼らの母親たちの到着だ。今朝も相変わらず、一体これからどこに出かけるのかと思わず尋《たず》ねたくなるような気合いの入ったメイクと服装である。

だがここでは、こんな光景を目にするのはなにも彼女たちに限ったことではないので、この二ヶ月の間に慣れた麻貴も動じない。

「おはようございます」

「あら。麻貴先生ったら、朝からモテモテですねぇ」

「加奈ったら、麻貴先生のお嫁《よめ》さんになるって宣言するもんだから、パパ、ショック受けてた

わぁ」

「加奈ちゃんも？　うちの子も同じこと言ってたわよ。お父さん、いろんな意味でショック受けちゃってぇ…」

一瞬《いっしゅん》しんとなり、そして次の瞬間、彼女たちはキャハハと爆笑《ばくしょう》しだした。

いまだ続行中の綱引きの間で、麻貴はゆらゆらと左右に揺《ゆ》れながらもなんとか保っていた笑顔をほんの少し引き攣《つ》らせる。

こんなふうに顔を合わせるたびにからかわれるのは、自分が頼《たよ》りないからだろうか——。

形のいい眉《まゆ》を微《かす》かに寄せてこっそり溜《た》め息をつきながら、くるんとした睫《まつげ》毛を瞬《また》かせて朝陽《あさひ》のたっぷり差し込む吹《ふ》き抜《ぬ》けの天井《てんじょう》を仰《あお》ぐ困り顔は、確かにいまだ高校生にも間《ま》違《ちが》われるような童顔ではあるが、これでも今年の春に大学を卒業したばかりのれっきとした二十二歳の男なのだ。

しかし、悲しいかな同年代の女の子たちからしてみれば、二重瞼《ふたえまぶた》の大きな目や口角のきゅっと上がった唇を羨《うらや》むことはあっても、全体的に細身で男臭《くさ》さのまったくない麻貴は所詮《しょせん》安全パイの友達止まり。それが園児たちの母親ともなると、性別を通り越《こ》してまるで愛玩《あいがん》動物のようなかわいがり方である。

けれどもこれがどういうわけか、幼児相手なら麻貴は男女問わず熱烈《ねつれつ》なプロポーズを受けるほどに人気があるのだった。

「おっ、麻貴先生がモテモテだ」

「うっ」

突然《とつぜん》背後から軽快な声音《こわね》が聞こえてきたかと思うと、背中に明らかに子どもの重みではないものが被さってきた。我が子そっちのけでおしゃべりに夢中になっていた二人の母親たちをはじめ、先ほどから玄関ホールに留《とど》まってそわそわと待ち伏《ぶ》せしていた集団から、途端キャアッと黄色い歓声《かんせい》が上がる。

「でも、ザンネーン。麻貴先生は湊《みなと》先生と結婚《けっこん》するんだぞ」

麻貴の背中に負《お》ぶさって軽い口調で子どもたちにそんな事を言ってみせたのは、立花《たちばな》湊だ。爽《さわ》やかな朝の陽光よりどちらかといえば夜の派手なネオンが似合う一見軟派《なんぱ》な容姿の彼は、こう見えても麻貴と同じく、ここ『さくらおか』で働く保育士である。全職員統一された制服の上に身につけたシンプルなベージュのエプロンは、よく見ると釦《こ》やポケットのデザインが凝っていて、彼のセンスのよさをさりげなく窺《うかが》わせていた。

彼女たちが思わず子どもがいることも忘れて騒《さわ》ぎ立てるのも無理はない。

この華《はな》やかなルックスの先輩《せんぱい》保育士はサービス精神も旺盛《おうせい》で、朝からキラキラとした笑顔を振《ふ》りまいてはお母様方のハートを鷲摑《わしづか》みしてしまうのだった。

今もひょっこり現れてにっこりと挨拶《あいさつ》を交《か》わしただけなのに、二人の母親はうっとりと乙女《おとめ》のように頰を染めて彼に釘付《くぎづ》けだ。麻貴の時とは大違いである。

そういえば、この二人は彼のファンだった——。

どこかで小耳にはさんだ情報を思い出しながら、麻貴は楽しげに首に絡《から》みついてくる腕をさりげなく外そうとして失敗する。どうやら後輩《こうはい》を構って遊ぶ事に生きがいを感じている観のある彼は、逃《に》げようとする麻貴の様子が気に入ったのか、更《さら》にギュッと腕に力を込めた。

「重いです、湊先生」

ペシペシと腕を叩《たた》いてやると、左肩《ひだりかた》からぬっと現れた端整《たんせい》な顔は麻貴を覗《のぞ》き込むようにして軽く唇《くちびる》を尖《とが》らせた。

「つれないなぁ。未来の旦那《だんな》さまなのに」

「誰が旦那ですか。ほら、先生が変な冗談《じょうだん》言うから、子どもたちまでおかしなことを言い出したじゃないですか」

いつもの軽口を窘《たしな》めている矢先にも、麻貴に負ぶさる恋敵《こいがたき》を引き離《はな》そうとベージュのエプロンをぐいぐい引っ張っていた龍と加奈が口々に騒ぎ出す。

「ボクがマキせんせいの『ダンナサマ』になる！」

「ちがうっ！　リュウくんじゃなくて、カナがなるの！　マキせんせいはカナのなのっ！」

「いやいや、湊先生のだよぉ」

「ちょっと、湊先生……煽《あお》ってどうするんですか」

そんな傍《はた》から見れば微笑《ほほえ》ましい四人の様子を見て母親たちは更にきゃーきゃー言い出し、もう朝から玄関《げんかん》ホールはお祭《まつ》り騒ぎだ。そこへもう一人保育室から顔を出した別の保育士が出迎えに加わることで、母親集団の熱狂《ねっきょう》ぶりもますます過熱していく。

さすがに疲《つか》れる――…。

こんなちょっと首を傾《かし》げたくなるような光景が、けれどもここでは日常なのだ。湊しかり、他《ほか》の保育士しかり、男の麻貴から見てもキラキラと眩《まぶ》しい容姿の保育士たちが子どもたちと仲良く戯《たわむ》れている、そんな保育園。

『さくらおか』が人気の理由は、充実した設備や園児の健《すこ》やかな成長を第一として掲《かか》げている教育方針等の他に、もう一つ、ある意味一番魅力《みりょく》的な理由というのが、実はここで働く職員のルックスのよさにある。

この保育園の職員は、全員が男性。しかもそのメンツはどう考えても能力の高さはもちろんのこと、容姿にこだわって集められたとしか思えない煌《きら》びやかな面々が揃《そろ》っているのだ。それは表看板ともいえる保育士から、調理師、栄養士、事務員などにいたるまで徹底《てってい》されていた。なので園内は、まるでホストクラブにでも迷い込んだかのような錯覚《さっかく》を覚えるのにもかかわらず、辺りは女性の黄色い声——ではなく、かわいい子どもたちの元気なはしゃぎ声に満ちているという不思議な空間ができあがる。

変わっているのは職員だけでなく保護者の方もだった。

彼女たちは我が子を預ける彼らをまるでアイドル視している節がある。

噂《うわさ》によると、職員それぞれにファンクラブがあるのだとか。彼女たちの間ではどこから仕入れたのか彼らの情報交換《こうかん》も行われているのだ——という、麻貴にはなんだかよくわからない世界がここにはあるらしい。

ところがそんな内情は何一つ知らず、給料の良さと学生時代から住み続けているアパートから徒歩圏内《けんない》という利便性のみに惹《ひ》かれて、採用枠《わく》男性保育士一名の狭《せま》き門を駄目《だめ》もとで受けてみたところ、なんとあっさり採用が決定してしまったのが麻貴だ。そうして実際に働き出して初めて、この一風変わった環境《かんきよう》に気づかされたのだった。

だからなのか、麻貴に支払《しはら》われる初任給は大学の同期の保育士たちには羨ましがられるほどに破格だったのだが、その裏には『常に保護者に見られていることを意識して、通勤時の服装にも気を抜かないこと』という理事長の教えがあるのだと後から先輩たちに教わった。なんと着任当初は、毎年恒例《こうれい》だという彼らによる新人の通勤時私服チェックも行われたほどだ。

勤務中は白シャツ・黒パンツの制服が支給され、エプロンは各自自由。だがそこでも個人のセンスが試《ため》されるのだから気を抜く暇《ひま》もない。一口にエプロンと言ってもその種類は豊富で、保育士としての機能性を最優先する中でもデザインや色彩《しきさい》、また子どもから見た印象までをも考えて選ばなければならないのだから骨が折れる。おかげで、働き始めてからこの二ヶ月間の麻貴の給料は生活費の他はほとんどがファッション関係に消えてしまった。

とはいえ、念願の保育士という職業に就《つ》くことができたのだから、麻貴は自分のできることをこの職場で精一杯《せいいっぱい》やるだけだ。幸いモデルばりに煌びやかな外見を持っているが、基本的に面倒見《めんどうみ》のいい有能な先輩たちに囲まれて対人運も恵《めぐ》まれている。

「…うっ」

そんなことをぼんやりと考えていると、どしっと背中の重みが増して、しゃがみ込んでいた麻貴は思わずバランスを崩《くず》した。

尻餅《しりもち》をつく寸前で、両脇《りょうわき》から二本の手が素早《すばや》く差し込まれてグイッと引き上げられる。

「おっと、悪い。麻貴ちゃん大丈夫《だいじょうぶ》？」

耳元で囁《ささや》かれた心配声に頷《うなず》いて振り返ると、いつの間にか湊の背中には龍がしがみ付いていた。どうやらいくら言っても麻貴から離れようとしない湊に焦《じ》れた彼は、思わず敵の背中に飛び乗ってしまったようだ。「マキせんせい、ごめんね」と、申し訳なさそうに龍が湊の背中からよちよちと降りる様子に大丈夫だよと苦笑《くしょう》を浮《う》かべながら、麻貴は首を反らして見上げた。

「すみません。大丈夫ですから。…あの」

「うん？」

上から覗き込んできた湊はにっこりと笑う。そして起こしてくれるかと思いきや、なぜかそのまま引き寄せられて麻貴の身体《からだ》は彼の腕《うで》の中にすっぽりとおさまってしまった。

「…湊先生」

「まあまあ。サービス、サービス」

呆《あき》れるが、軽い口調でそう耳打ちされてしまうと麻貴も下手《へた》に抵抗《ていこう》するわけにもいかない。現に目の前では、こんな男二人の様子を目《ま》のあたりにした母親たちが、何が面白《おもしろ》いのかキャーキャーと女子高生のようにはしゃいでいるからだ。最初は戸惑《とまど》っていたこんな状況《じょうきょう》も、二ヶ月も経《た》てばそういうものかと納得《なっとく》せざるを得ず、場の雰囲気《ふんいき》を壊《こわ》さない程度にはおふざけに乗っておくべきだということも湊をはじめとするサービス精神旺盛な先輩たちから学んだのだった。

もはや諦《あきら》めの境地にいた麻貴が黙《だま》り込むと、この状況を楽しんでいるとしか思えない声音が調子に乗って囁く。

「もうちょっとサービスしとく？」

「え？　うわっ」

ぐっと更に引き寄せられて、右首筋を明るい色の髪《かみ》の毛がさらりと撫《な》でる。

くすぐったさに首を竦《すく》めて身を捩《よじ》ろうとしたその時、ふと強い視線を感じて麻貴はバッと振り返った。

「――…っ！」

そしてゾクリと背筋が凍《こお》るような鋭《するど》い眼差《まなざ》しと目が合った瞬間《しゅんかん》、双眸《そうぼう》が射貫《ぬ》かれたような激しい衝撃《しょうげき》を受けて、まるで蛇《へび》に睨《にら》まれた蛙《かえる》よろしくピクリとも動けなくなる。ほのぼのとした空気が、一瞬にして周囲を巻き込み凜《りん》とした研《と》ぎ澄《す》まされたものに変化した。

視線を縫《ぬ》い留められたかのように固定したまま、麻貴は無意識のうちに湊のエプロンをぎゅっと握《にぎ》り締《し》める。その反応と周りの温度の変化を敏感《びんかん》に察知した彼は、自分の大腿の上で小刻みに震《ふる》えていた麻貴の手を宥《なだ》めるようにぽんぽんと叩いてから殊更《ことさら》ゆっくりと振り返った。

「あれ？　鷹邑《たかむら》先生」

ところが、そこはさすがというべきか。

「今日も真っ白なシェフコートが眩しいねぇ」

麻貴が身震《みぶる》いするほどの緊張《きんちょう》を強《し》いられたあの凶悪《きょうあく》なまでの視線をものともせず、いつも通りの軽い調子で同僚《どうりょう》に声をかける湊を、麻貴はこのときばかりは心底尊敬した。

玄関ホールから少し離れた廊下《ろうか》に立ってこちらを鋭く睨みつけている長身の青年は、園の専属調理師の鷹邑准也《じゅんや》である。姿勢のいい立ち姿がバランスの取れた長身の体軀《たいく》をより魅力的に見せ、瞬《また》く間に母親たちの視線が彼に釘付けになる様子が空気を隔《へだ》てて麻貴にも伝わってきた。だが、高い位置から向けられる眼差しは、ほのぼのとした園舎の中では少々異質なものだ。甘い微笑みなど一切《いっさい》浮かべない顔は初対面ではこわもてという印象がまず残るけれど、よく見ればかなり端整《たんせい》な造作をしているのだとわかる。

少し眦《まなじり》の吊《つ》り上がった涼《すず》やかな目元に、高すぎることも低すぎることもないスッと一本筋の通った鼻、その下に続く厚めの唇《くちびる》は男の色香《いろか》を感じさせる。個々でも充分《じゅうぶん》に魅力的なそれらのパーツがシャープなラインを描《えが》く内側に絶妙《ぜつみょう》なバランスで配置されていて、いつもはシェフ帽《ぼう》で隠《かく》れている頭髪《とうはつ》もすっきりと整えられており、張りのある黒髪《くろかみ》が窓から吹《ふ》き込む微風《びふう》に揺《ゆ》れて秀《ひい》でた額を撫でた。

どこからともなくほう…、と漏《も》れる熱い溜《た》め息。

けれども、麻貴や湊にそうするように母親たちが彼に話しかけようとする気配はない。吹き抜けの天井《てんじょう》付近にぐるりと取られた明かり取りの窓から降り注ぐ陽光が白い大理石の床《ゆか》を静かに照らし、東の窓に嵌《は》め込まれたステンドグラスの色彩が動きを奪《うば》われた彼女たちの足元で宝石のようにキラキラと輝《かがや》いている。

鷹邑は男らしいきりとした眉《まゆ》を不快げに寄せていたが、やがて思い直したように一度呼吸を整えるような仕草をしてみせた。そして、しんと静まり返った玄関ホールに低い声が響《ひび》き渡《わた》る。

「湊先生、早く教室に戻《もど》ってください。『ぺんぎんぐみ』の先生方が捜《さが》していましたよ」

保護者の手前、言葉遣《ことばづか》いには気を遣っているもののその声音《こわね》に温度はない。

「はいはい。わかりました」

やれやれと溜め息をついた湊は、シャツを掴《つか》んでいた龍と加奈を麻貴に預けて立ち上がる。

「ほら、二人とも。早く上履《うわば》きを履いてお部屋に行かないと」

「「はーい」」

突然《とつぜん》降り落ちた不穏《ふおん》な空気を敏感に感じ取りきょときょとと様子を窺《うかが》っていた園児たちだったが、湊の明るい声にいつもの元気な返事が返ってきた。

少しほっとする麻貴の後ろを、まるで映画の一シーンでも見詰《みつ》めるような顔で見守っていた母親たちに目礼をして鷹邑が無言で通り過ぎて行く。

彼の気配を察した途端《とたん》息を呑《の》んで全身を強張《こわば》らせてしまうのは、もう条件反射だとしか言いようがなかった。

背中で気配が完全に消えたのを感じ取ってから、麻貴はようやく詰《つ》めていた息を吐《は》き出す。

ちょうどいいタイミングで別の親子が登園してきて、湊を見つけた若い母親の甲高《かんだか》い声で玄関《げんかん》に再び朝の喧騒《けんそう》が戻ってきた。

文字盤《ばんばら》を薔薇細工がハート形に囲むアンティーク調の壁掛《かべか》け時計を確認《かくにん》した麻貴は、いつの間にか『朝のごあいさつの時間』が近づいていることに気づき、シューズボックスに向かう園児たちを追いかける。

と、その時、ふっと視界の端《はし》を眩《まぶ》しいほどの白がよぎった。

麻貴は釣《つ》られるように振《ふ》り向いて——…瞬間、しまったと後悔《こうかい》する。思わず漏れそうになった悲鳴を慌《あわ》てて喉元《のどもと》で堪《こら》えて呑み込んだ。

白い物体の正体は、ついさっき見たばかりのシェフコート。しかも今日はどれだけ運が悪いのか、偶然《ぐうぜん》振り返った鷹邑とまたもや目が合ってしまったのだ。

条件反射でビクリと華奢《きやしや》な肩《かた》が跳《は》ね上がる。

「………」

「………」

石化したままで数秒、しかし麻貴にとっては気の遠くなるような長い時間が過ぎる。

何かを訴《うった》えるような眼差しでじっとこちらを見据《みす》えていた鷹邑が、ふいにふつりと自ら交差の糸を断《た》ち切った。その後すぐに、もう麻貴になど微塵《みじん》も興味はないとでも言うようにくるりと広い背中を向ける。

咄嗟《とっさ》に過剰《かじょう》に身構えた麻貴だったが、そのあまりのあっけなさには思わずぽかんとなって、廊下を素っ気無く去ってゆく後ろ姿をただ茫然《ぼうぜん》とした思いで見詰めていた。その時、なぜだかチクリと胸に小さな痛みが刺《さ》す。

「……？」

胸元《むなもと》を押さえて、麻貴は内心首を傾《かし》げながらもすぐに意識を園児たちに戻した。

「鷹邑先生って、なんだか近づきがたいのよねぇ」

そこへ隠す気はないのだろう、母親同士の会話が耳に入ってくる。

「そうなのよねぇ。ルックスで言ったら、私、鷹邑先生が一番好みなのに。でもねぇ、あの雰囲気じゃ話しかけたくてもできないじゃない？　鬱陶《うっとう》しがられそうだし」

「かっこいいのにねぇ、もったいない。そういえば、先生の笑った顔って見たことないかも。見てみたいわぁ」

麻貴もそれには同感だとこっそり内心で思う。彼女たちが『もったいない』と言う気持ちも思わず頷《うなず》いてしまうほどよくわかる。

男らしい端整な顔立ちは、湊ほどの華《はな》やかさはないが凛とした独特の雰囲気を持っていて、そこに加えて百八十センチを超《こ》す長身と、力仕事をこなす料理人らしい無駄《むだ》なく鍛《きた》えられた肉体。これほどの逸材《いつざい》なのに、他の職員のように彼の周囲に母親たちが群がる光景を目撃《もくげき》した覚えがないのは偏《ひとえ》に彼の性格が原因だと思われる。

新米保育士として働き始めてからこの二ヶ月、麻貴にはどれだけがんばってみても鷹邑の笑《え》顔《がお》というものは思い出せない。

思い出すことといえば、いつ見ても他人のことに興味はないとでも言うような無愛想な顔と、そして――。

「マキせんせ？　どうしたのぉ？」

ハッと、瞬時《しゅんじ》に思考を断ち切られ現実に引き戻された。直後、麻貴は廊下の途中《とちゅう》で大小入り交じった心配顔の園児たちに囲まれていることに気がついて内心うろたえる。

「ううん、なんでもないよ。さ、お部屋に行こうか」

咄嗟に繕《つくろ》った微笑《ほほえ》みに、パッと笑顔を取り戻す子どもたち。

「今日も、昨日の続きでお絵かきしようね」

「うん！」

七月下旬《げじゅん》に行われる『お楽しみ会』で展示する絵を描こうと、麻貴は子どもたちを促《うなが》して保育室に向かう。

その途中で、ふと何気に長い廊下の突《つ》き当たりを見やった。

『きゅうしょくしつ』と書かれたプレートを目にした瞬間、なにか胸の辺りがざわめき出すのを覚えて——…麻貴はかぶりを一つ振ると、急いでそこから目を逸《そ》らした。


麻貴の担当する三歳児クラス『うさぎぐみ』は、今日の午前中はほぼ『お絵かき』の時間に終始し、その後給食を食べさせて先ほどやっとお昼寝《ひるね》時間に突入《とつにゅう》したところだ。

ここ、さくらおか保育園では、クラスによって給食のシステムが異なる。
四、五歳児クラスは、保育士も園児たちと一緒《いっしょ》にランチルームで昼食をとるのだが、三歳児以下のクラスは園児たちが給食を食べ終わりお昼寝時間になってから、保育士は交代で休憩《きゅうけい》を取ることになっている。
保育士一年目の麻貴が副担任として就《つ》かせてもらっている三歳児クラスは今、担任である麻貴の六つ年上の先輩《せんぱい》、亮司《りょうじ》がお昼寝ルームですやすやと健《すこ》やかな寝息《ねいき》を立てて眠《ねむ》っている園児たちの様子を見てくれていた。

一足先に休憩に入った麻貴は、調理室で給食を受け取ってから職員棟《とう》に向かい職員専用休憩室のドアを開ける。

今日は一番乗りだったのか、広い室内には誰もいない。大きなアーチを描く窓を開けると、さっと吹《ふ》き込んでくる心地《ここち》よい風に上質のレースカーテンがそよそよと気持ち良さそうに揺れた。脇《わき》に飾《かざ》られた観葉植物の艶《つや》やかな緑がホッと心を和《なご》ませる。

とても保育園の一室とは思えない広々としたこの部屋は、おもに保育士たちが昼食をとるために使用される休憩室である。理事長が自らコーディネートしたという室内にセンス良く配置されている趣味《しゅみ》のいいアンティーク調の数々のインテリアは、聞けばどれも麻貴には耳を疑うほどに高価な物ばかりで、慣れるまでは室内を歩くだけでも相当緊張《きんちょう》したものだ。

部屋の中ほどには横長の重厚《じゅうこう》なイングリッシュオークのテーブルが据《す》えてあった。

壁《かべ》に三つ並ぶうちの中央の窓に一番近い席が、麻貴の指定席だ。

くるんとカーブを描いた猫脚《ねこあし》の椅子《いす》に腰掛《こしか》け、ここに入ってから習慣となった「いただきます」をして箸《はし》を取る。食欲をそそる匂《にお》いに空腹が刺激《しげき》されて、腹の虫が切なげに鳴いた。

「今日もおいしそ」

毎日ワンプレートに綺麗《きれい》に盛り付けられて渡《わた》される給食の中身は、高級レストラン、あるいは高級料亭《りょうてい》並みの豪華《ごうか》さだ。自炊《じすい》は苦手で朝夕と貧しい食生活を送る一人暮らしの麻貴にとって、この時間は至福のひとときである。

「そういえば、これって鷹邑さんたちが作ってるんだっけ…」

麻貴は絶妙《ぜつみょう》な味付けの炊《た》き込みご飯を頬張《ほおば》りながら、ふと改めて考える。

他の人はどうか知らないが、麻貴が調理室に給食を取りに行くと、手渡《てわた》してくれるのはいつももう一人の調理師である新南《にいな》か栄養士の望《のぞむ》なのだ。一方、鷹邑はプレートに盛り付けてはくれるもののその先は二人にバトンタッチしてしまうので、一度も彼から受け取ったことはなかった。

やっぱり、嫌《きら》われているのだろうか――。

ふいに今朝の出来事が脳裏《のうり》に蘇《よみがえ》り、麻貴は箸を動かす手を止める。

「何で、あんなふうに睨《にら》まれるんだろ……」

まるで麻貴を咎《とが》めるような厳しい眼差《まなざ》しを向けられる、その理由がわからない。

実は二人は、四月のある日を境にまったくといっていいほど言葉を交《か》わすことのない関係なのだ。たとえうっかり目が合ってしまっても、彼は興味なげに麻貴を一瞥《いちべつ》するだけで、いつも先に視線を逸らすのは向こうの方だった。

興味がないならないで、徹底《てってい》してそういう態度を取ってくれればいっそわかりやすいのに――。

今朝のようなことはまた特殊《とくしゅ》なケースだったが、ふとした時に強い視線を感じて振《ふ》り返るとどういうわけか鷹邑がじっとこちらを見据えていることが今までにも何度かあった。麻貴が気づくと、彼はなんとも言えない微妙《びみよう》な感じに表情を歪《ゆが》め、やはりすぐにふいと顔を背《そむ》けてしまう。

そのたびに麻貴はなぜかドキドキしながら過剰に身構えてしまい、鷹邑が背中を向けると、ようやくホッと詰《つ》めた息を吐《は》き出すのだった。

「どっちにしろ、気に入らないんだろうな。俺のこと」

上品な味付けの吸い物に苦い溜《た》め息が零《こぼ》れ落ち、透《す》き通った表面がゆらゆらと静かに揺《ゆ》れる。

職員全員の前で新人の挨拶《あいさつ》をしてから今まで、麻貴自身が直接鷹邑に嫌われるような何かをした覚えはなかったけれど、彼に嫌われているのかもしれないと疑い始めるきっかけとなったあの日の出来事は、二ヶ月経《た》った今でも鮮明《せんめい》に記憶《きおく》に残っている。

あれは、麻貴が新米保育士として働き始めて、まだ間もない頃《ころ》のこと——。

✿　✿　✿

その日——、麻貴は園児を全《すべ》て見送ってから保育室の掃除をし、頼まれていた雑務をこなして、ようやく一日の仕事を終えると素早く着替えを済ませて帰宅するつもりだった。

ところがロッカールームを出て職員玄関に向かう途中、調理室にまだ明かりが点《つ》いているのを発見して、何を思ったのかふらりと進行方向を変更《へんこう》したのである。

保育は午後六時までと決まってはいるものの、園児が帰った後も保育室の片付けや会議等ですぐには帰れない保育士とは違《ちが》って、調理師と栄養士は職員全体会議がある日を除いては基本午後六時が終業時刻となっている。

仕事を終えた新南や望がロッカールームに残って喋《しゃべ》っているのはよく見かけるのだが、この時間帯に調理室が明るいことは珍《めずら》しかった。

誰が残っているのだろうかと考えて、案外すぐに思い当たる。

その日は水曜日で、『さくらおか』では毎週水曜日は、園児、職員全員が『お弁当の日』と決まっている。園自体が休みである日曜・祝日の他《ほか》、職員は月に三日の公休が認められているのだが、調理師たちはなるべく給食を作る必要のない水曜日に交代で休みをとることにしているようだった。

今日は新南が休みをとっている。望はまだロッカールームで湊と喋っていた。だとすれば、消去法で答えはおのずと一人に絞《しぼ》られてくる。

気づかれないようにそろりと調理室のドアを開けて中を覗《のぞ》き込むと、案の定そこにいたのは鷹邑だった。

シェフコート姿の彼は、まるでレストランの厨房《ちゅうぼう》のように設備の調《ととの》った広い部屋に一人居残り、黙々《もくもく》と何やら作業を続けていた。給食の新メニューを試作しているのだろうか。一見不器用そうな男の手が包丁を器用に操《あやつ》り、まな板の上で規則正しく軽快なリズムを刻んでいる。

簡単な自己紹介《しょうかい》でしか知らない彼の初めて見る調理師の姿や、様々な食材がみるみる形を変えていく様子に、気づけば麻貴はすっかり見入ってしまっていた。

その時、ふいに鷹邑が顔を上げた。

「――っ!!」

不意打ちの出来事に、心臓が口から飛び出るかと思うほど驚《おどろ》いた麻貴は文字通り飛び上がる。咄嗟《とっさ》に隠《かく》れる暇《ひま》もなくお互《たが》いばっちりと目が合ってしまい、その瞬間《しゅんかん》、麻貴だけでなく鷹邑までもがビクリと肩《かた》を揺らした。

まな板を見つめていた涼《すず》しげな双眸《そうぼう》が、麻貴の姿を映して僅《わず》かに見開かれる。

途端《とたん》、ピリピリッと微電流《びでんりゅう》が麻貴の全身を走り抜《ぬ》け、金縛《かなしば》りに遭《あ》った時のようにピクリとも動けなくなった。まともに交差した視線が、まるで一本の線で繋《つな》がっているかのごとくピンと固定されて逸らせない。

離《はな》れた二人の間を、一瞬、何ともいえない沈黙《ちんもく》が支配する。

「そんなところで何をしているんだ」

すぐにいつものポーカーフェイスに戻《もど》った鷹邑が、まだドアの隙間《すきま》から顔だけ覗かせて固まっている麻貴に低く問いかけてきた。

そのおかげでふっと金縛りが解けたのはいいけれど、混乱気味の思考では唐突《とうとつ》な問いかけに咄嗟に適当な言い訳が思いつかない。

焦《あせ》った麻貴はその時何を思ったのか、半ば無意識に見当違いな言葉を返していたのだ。

「な、何か、俺にも手伝えることはないですか?」

これにはさすがに鷹邑も予想外だったのだろう。麻貴を見つめる眼差しがすっと訝《いぶか》しげに眇《すが》められる。心臓がドキリと変なふうに騒《さわ》いだ。

「――…っ」

無言で鷹邑に見つめられ、時間差で自分が何を口走ったのかをようやく理解した麻貴は、今になってドッと羞恥心《しゅうちしん》がこみ上げてきて頬《ほお》がカッカと火照《ほて》り出し、どうにもいたたまれない状況《じょう》《きょう》に思わず逃《に》げるようにして顔を伏《ふ》せた。ピカピカに磨《みが》き上げられた大理石の床《ゆか》に映る情けない自分と出会い、何をしているのだと心中で自身を責める。ちょっと泣きたくなった。

「蓮宮」

そんな時、ふいに聞こえてきた自分を呼ぶ声に、麻貴は慌《あわ》てて我に返ると顔を跳《は》ね上げる。

「は、はい」

思わずしゃんと姿勢を正した麻貴に、鷹邑は数度瞬《まばた》きをしてみせると何とも言えないような複雑な顔をしてふ、と眉根《まゆね》を寄せた。そしてなぜだか突然《とつぜん》くるりと背を向けてしまった彼の態度に、麻貴は自分は何かとんでもない失態をしでかしたのではないかと急に不安になる。

どうしようかとおろおろしていると、麻貴を呼ぶようにカンカンと軽い金属音が聞こえてきた。顔を上げると、こちらに向き直った鷹邑が銀のボウルの縁《ふち》をホイッパーで叩《たた》いている。

「蓮宮」

「は、はい！……え？」

反射的に返事をしたものの、麻貴は今更《いまさら》ながら彼に称呼《しょうこ》されたことに驚いて自分の耳を疑った。聞き慣れない声は低いが良く通るもので、耳に心地よく響《ひび》くそれが今確かに『蓮宮』と言ったのだ。それも二度も。

「──俺の名前、知ってたんですか」

思わず零れ落ちた独り言に、鷹邑が更《さら》に不審《ふしん》そうに眉《まゆ》を寄せる。それを見た麻貴は慌《あわ》てて何でもないと首を横に振った。

一度は落ち着いた心臓が今度は別の意味で高鳴る。

名前を、呼んでくれた──…。

鷹邑からすれば、何を馬鹿《ばか》なことを言っているのだと怪訝《けげん》に思うことかもしれない。しかし気づいてないのかどうかわからないが、彼が麻貴の名前を呼んだのは実はこれが初めてなのだ。

他の保育士の先輩《せんぱい》はもちろん、おもに調理室で仕事をしている新南や望でさえ、まだ仕事に慣れずあたふたしている麻貴を見かければ遠くからでも必ず声をかけてくれるのだけれど、鷹邑に限ってはそういうことは一切《いっさい》なかった。

一方、麻貴はめでたく採用が決まった後初めて園を訪《おとず》れ理事長と対面している時、出されたお茶《ちゃ》請けの蕩《とろ》けるようなおいしさに感動してから、それを作った『鷹邑』という調理師に会えるのを楽しみにしていたのだ。

そして後日、ようやく彼との初対面を果たして──…。だが、喜色満面の麻貴とは反対に、鷹邑の方は麻貴に一瞥《いちべつ》をくれるだけで、いつまで経っても他の人のように気軽に声をかけてはくれなかった。

彼にとって、麻貴は『新人』で充分《じゅうぶん》な存在なのかもしれなくて、名前すら覚えてもらっていないのではないかと、不安を覚えなかったと言えば嘘《うそ》になる。

実際、調理師と保育士という関係上、そうしようと思えば一言も話さず一日を終えることは可能なため、もしかしたらと疑っていたのだ。

そんな不安があったからか、初めて彼に名前を呼んでもらえたことが思った以上に嬉《うれ》しくて――…、気づけば麻貴は自分が置かれている状況も忘れて、たった今記憶した声を鼓膜《こまく》に反芻《はんすう》させながらふわふわとした悦《よろこ》びに浸《ひた》ってしまっていた。

「おい、蓮宮？」

一人浮《う》かれる麻貴に現実を思い出させてくれたのは、突然黙《とつぜんだま》り込んでしまった後輩《こうはい》を訝る声だった。耳に何度も蘇《よみがえ》らせていた響きで再び呼ばれて、麻貴は弾《はじ》かれたように鷹邑の方を見やる。目が合うと、彼は少し逡巡《しゅんじゅん》するような間をあけて尋《たず》ねてきた。

「暇なのか？」

「え？」

一瞬、何を訊《き》かれているのか理解が遅《おく》れてきょとんとなる。

慌てて記憶《きおく》を巻き戻して、どうやらそれが先ほど麻貴が咄嗟に口走った申し出に対しての問いかけだと気づく。

麻貴はもちろんと、コクコク頷《うなず》いてみせた。

「暇ならそっちのタマネギを頼《たの》めるか。もうみじん切りにしてあるから、フライパンで炒《いた》めてくれればいい」

男らしい鋭角《えいかく》な顎《あご》が指し示す先には、綺麗《きれい》にカットされたタマネギの入った透明《とうめい》なボウルがピカピカのステンレス製の調理台の上に置いてある。それを確認《かくにん》してから、麻貴は鷹邑の方に首を戻した。

「あれを炒めればいいんですね?」

「フライパンはそこのを使ってくれ。油はそっち。透明になるくらいまで炒めればいいから」

「はい。わかりました」

淡々《たんたん》とした彼の指示を口の中で繰《く》り返し、麻貴は手を洗ってからフライパンを火にかけた。

料理なんて学生時代に調理実習でやったぐらいで、ここ最近は包丁すらまともに握《にぎ》った覚えのない麻貴である。それでもあらかじめ用意されている材料を炒めるだけなら、料理オンチの自分でもできそうだ。

「何を作るんですか?」

てっきり適当な言い訳をされて追い返されるとばかり思っていたので、きっかけは何であれ役に立てるとなると俄然《がぜん》やる気が出てくる。

「ほうれん草のグラタン」

「グラタン! 俺、大好きです」

「子どもに人気のメニューだからな」

短く返された言葉は少々引っかかりを覚えるものだったが、それ以上に一応会話らしいものになっていることに感動した。知らず声が弾《はず》む。

「あ、でも、ほうれん草のは初めてかも。おいしそうですね。普通《ふつう》のグラタンにほうれん草を混ぜるんですか？」

「いや。ただ茹《ゆ》でて切っただけじゃ、ほうれん草が嫌《きら》いな子どもの目は誤魔化《ごまか》せない。これは子どもたちが苦手な野菜でも自分で口にするようにするのを目的に作っているからな」

「え、じゃあ、ほうれん草はどうするんですか？」

「ミキサーにかけたものをホワイトソースに混ぜようと思う。グリーンのグラタンだったら、物珍《ものめずら》しくて興味を持つだろう？」

「グリーンのグラタン！」

思わずフライパンから目を離して振《ふ》り返った麻貴は目をキラキラと輝《かがや》かせた。ちらと目線を上げた鷹邑が麻貴と視線を交《か》わした瞬間《しゅんかん》、彼の手元で軽快にリズムを刻んでいた包丁の音が僅《わず》かに狂《くる》う。

「……タマネギが焦《こ》げるぞ」

「あ、そうだ。すみません。でも楽しみです、緑色のグラタン」

言われて慌てて首を戻《もど》して、麻貴はフライパンの中のタマネギに意識を集中させながら、一方で見たこともないほうれん草グラタンを想像して知らず頬がゆるんだ。それと同時に鷹邑のユニークな発想に感動して、麻貴は自分の幼少時代を思い出しながらなるほどなと思う。子どもに苦手な野菜をそのままの形で出してさあ食べろと言っても無理だ。でも、一見それとわからない形にされて出されると、知らないうちに口にしてしまっていることもある。子どもは味覚よりもまず視覚を優先するところがあるから、料理の見た目は大切なのだ。

タマネギを炒め終えると小麦粉を量るよう指示され、それが終わると今度はミキサーでほうれん草を粉砕《ふんさい》する作業を任された。教えられた手順を踏《ふ》んでできた濃緑色のどろどろの液体を次に鍋《なべ》に移して沸騰《ふっとう》させ、間もなくして浮いてきた葉緑素という緑色の物体をすくって別のボウルに移す。その間に鷹邑が作り上げたホワイトソースに冷ましたほうれん草の葉緑素を入れて掻《か》き混ぜ、これでグリーンのグラタンソースの完成だ。

「ほうれん草の茎《くき》を取ってくれないか。ベーコンの隣《となり》の細かく刻んだやつ」

「はい。わかりました」

相変わらず淡々とした口調で必要最小限に伝えられる指示に、麻貴は律儀《りちぎ》に返事をして従う。厨房《ちゅうぼう》の中央にある広々としたワークトップカウンターの上には、まるで料理番組のように材料が綺麗に小分けにされ、料理オンチの麻貴にもわかりやすくなっていた。なんとなく学生時代の理科の実験を思い出しながら夢中で作業していると、やがて見覚えのある食べ物が出来上がってくる。

「あとは焼けるのを待つだけですね」

グラタン皿をオーブンに入れてタイマーをセットする鷹邑の広い背中を追いかけながら、麻貴はワクワクと数十分後を想像しながら楽しみで仕方がない。

「うちの実家ではとろけるチーズを使ってたんですけど、これは粉チーズを使うんですね」

「粉チーズは冷めても固くならないから、子ども用にはそっちの方がいいんだ」

「へえ、そうなんですね。ちゃんと理由があるんだなぁ」

ためになる情報に麻貴は感嘆《かんたん》の息をつく。それが仕事の鷹邑には知っていて当然の事かもしれないけれど、料理に不慣れな麻貴にとってはこの場で見聞きすることすべてが驚《おどろ》きの連続だった。当たり前のように出される給食には、実は子どもが食べやすいよう細部にわたって工夫《くふう》が施《ほどこ》されている事を知り、改めて彼の横顔に尊敬の眼差《まなざ》しを注ぐ。

ところがその視線があからさまだったのか、ふいに鷹邑が振り向いた。

見詰《みつ》め過ぎてしまった自覚のある麻貴は動揺《どうよう》して、大きな目を不自然なほど宙にきょときょと泳がせる。高い位置から今度は麻貴の方がジッと見詰められているようで、ひどく落ち着かない。

顔を見合わせるのも何となく躊躇《ためら》われて、意識して壁際《かべぎわ》に設《しつら》えられた眩《まぶ》しいほどの白いキャビネットに焦点《しょうてん》を合わせていると、頭上からボソッと声が降ってきた。

「蓮宮、睫毛《まつげ》に粉がついてる」

「えっ」

内容よりもその声に反応して顔を跳《は》ね上げた。

「小麦粉がついてるぞ」

きょとんとする麻貴に、鷹邑は自分の左目を指差してみせる。

「さっき量ってもらったからな。たぶんあの時についたんだろう」

「あ、そっか。小麦粉…」

教えられて、麻貴は彼に倣《なら》うようにして右目元を拭《ぬぐ》う。鏡を見る時と同じ感覚で反応した麻貴を見て、鷹邑が違《ちが》うと首を軽く振った。

「そっちじゃない。逆だ」

「えっ…痛っ」

顔を動かした拍子《ひょうし》に爪先《つめさき》が目の縁《ふち》を掠《かす》めて、麻貴は微《かす》かな痛みに思わず瞼《まぶた》を落とす。すると、頭上で溜《た》め息混じりの声が「動くな」と静かに告げてきた。

瞬間ピクッと小さく肩《かた》を跳ねさせた麻貴は、けれども彼の意図を悟《さと》り、言われた通りに目を閉じたまま肩の力を抜《ぬ》いて両手を腿《もも》の横に下ろした。

それを見計らうようにして、睫毛の先に指先が軽く触《ふ》れる気配。ふわりと春風が野花を撫《な》ぜるようにして去っていった。

「まだ動くなよ。全部取れてない」

「あの…すみません」

「別に。ほら、俯《うつむ》くな」

軽く顎を摑《つか》まれ上を向かせられる。

「…っ」

少し低めの体温が肌《はだ》に触れると、突如《とつじょ》心臓がドキドキと高鳴ってきた。瞼越《まぶたご》しに透《す》ける電灯の光が翳《かげ》り、先ほどよりも彼との距離《きょり》が近いのか甘い匂《にお》いが鼻先を掠める。人工の物ではなく、甘党の麻貴がよく知っているような匂いだ。少しの安心感と理解不能な緊張《きんちょう》感がない交ぜになった奇妙《きみょう》な感覚に内心戸惑《とまど》う。

一度目と違い、指先は直接睫毛に触れずまず頬骨《ほおぼね》の辺りを触《さわ》ってきた。温度差の生じた箇所《かしょ》が、なぜだかそこだけポッと火が点《とも》ったように熱くなる。

つー、と皮の厚い指の腹が滑《なめ》らかな肌の感触《かんしょく》を確かめるようにしてゆっくりと移動し始めた。

ますます胸の高鳴りはひどくなり、ふと、そこで麻貴は疑問に思う。

鷹邑の目的は麻貴の睫毛に付着した粉を払《はら》うことだ。

なのに、どうしてこの指先は目元とは逆方向、顎《あご》に向かって下りていくのだろうか。

触れるか触れないかのもどかしいタッチに、ぞわぞわと背筋に戦慄《せんりつ》が走った。不意打ちに耳の裏を探《さぐ》られて、そこから痺《しび》れるようにして全身に熱が廻《めぐ》る。

予想外の自分の反応に麻貴自身驚き、同時にひどくいたたまれなくて、これ以上鷹邑に関係ない場所を触られては困るのだと、遠慮《えんりょ》がちに顔を引く仕草で示そうとした。

その瞬間だった。

突然《とつぜん》、唇《くちびる》に何かやわらかいものが押し当てられる。

「……、……?」

初めての感触に、一体何が起こったのかわからない。視覚を封《ふう》じ触覚《しょっかく》のみの状態ではもともと豊かとはいえない麻貴の想像力は限界だった。

迷ったのち、思い切ってそろりと片瞼を持ち上げる。

そして次の瞬間、薄《うす》く開いた視界いっぱいに鷹邑の顔が広がっていて、麻貴は本気で心臓が止まるかと思った。

どうしてこんなことになっているのか——…表情がわからないほどに密着している状況《じょうきょう》に、頭が真っ白になる。全身が硬直《こうちょく》する中、唇だけがドクドクと生きていて重なり合う熱をリアルに感じ取る。

キス、されてる——…？

唐突《とうとつ》に脳裏《のうり》に蘇《よみがえ》る、少し厚めの男らしい唇。

刹那《せつな》、心臓がドクンッ、と底から突《つ》き上げられるようにして跳ね上がった。

痛いほどの鼓動《こどう》に、無意識に伸《の》ばした手が偶然《ぐうぜん》カウンターの上のボウルを引っ掛《か》ける。縁からはみ出したそれはバランスを崩《くず》して床《ゆか》に落ち、大理石の床でけたたましい音を響《ひび》かせた。

その音で、鷹邑がパッと目を開く。

たった今夢から醒《さ》めたような顔をした彼は、直後ハッと我に返ると、麻貴を突き放すようにして自分の身体《からだ》を離《はな》した。放心状態の麻貴の前で、鷹邑も自分でも何が起きたのかわからないというような様子で目を瞠《みは》る。

数瞬《すうしゅん》の沈黙《ちんもく》のち、静かな室内に微かな舌打ちが落ちた。そして鷹邑は苛立《いらだ》たしげに髪《かみ》を掻き毟《むし》ると、一言呟《つぶや》いたのだ。

「——悪い。つい」

その言葉を聞いた麻貴はゆるゆると目を瞠り、信じられない思いで彼の顔を見詰める。

つい、とはどういう意味だろう。

つい、うっかりで、しかも男の自分相手にキスなんかするものだろうか。

たった二文字の言葉が、浮《うわ》ついていた思考を瞬時に冷却《れいきゃく》する。頭に上っていた血が一気に下がっていくのがわかった。

鷹邑を見詰める自分の眼差しがどこか変化したことに気づく。

冷静に見据《みす》えた先で不機嫌《ふきげん》そうに眉根《まゆね》を寄せた彼は、一つ息をつくと、ついさっきまで麻貴の唇を塞《ふさ》いでいた口で更《さら》にこんな事を言ってのけた。

「お前が――目を、閉じるから」

「なっ⁉」

予想外の言葉に、思わず麻貴は絶句した。

まるで麻貴からキスをねだったとでも言うような口調。

睫毛に付着した小麦粉を払うために動くなと言ったのは鷹邑だったはずだ。だから麻貴は彼を信用して目を閉じたままじっとしていたのに――。

無防備な態度をとった麻貴が悪いのか。けれども、まさか男の自分がキスをされるなんて、普通《ふつう》は夢にも思わない。疑えという方が無理だ。麻貴が悪いわけじゃない。

そう結論づけると違う意味でまたカッと血が頭に上り、瞬時に沸《わ》きあがってきたひどい憤《いきどお》りに眉《まゆ》を跳ね上げ眦《まなじり》を吊《つ》り上げた。

初対面から何となく近寄りがたくて、でもひょんなことから一気に距離が縮まって親近感まで持ち始めていた彼の印象が、この一瞬でガラガラと音を立ててあっという間に崩れてゆく。

裏切られた——と思うのは、麻貴の一方的な感情に過ぎないのだろうか。

「……見損《みそこ》ないました」

冷えた唇から落ちた声は、自分でも驚《おどろ》くほどに冷ややかなものだった。

咄嗟《とっさ》に何か言おうとした鷹邑が口を開く。

だが麻貴はそれを拒絶《きょぜつ》するようにすぐさま背を向けると、逃《に》げるようにして調理室をあとにしたのだった。

❂　❂　❂

「——つい、って。何だよ、それ」

二月《ふたつき》前の出来事をまるで昨日の事のように回想し終えて、麻貴はいまだにフツフツと湧き上がってくる怒りと戸惑いを盛大な溜め息に練り込んで外に追いやった。

あれ以来、麻貴は鷹邑に対して強い不信感を抱くようになっていた。仕事でどうしても必要となれば仕方ないけれど、プライベートでは自分から彼に近付くなんてことは絶対にしない。

一方、もともと必要以上に他人と馴《な》れ合うのを好まない性格らしい鷹邑はというと、相変わらず麻貴に話しかけようとする気配すらない。一つ変わったことと言えば、あの後から彼とはふとした瞬間に目が合う回数が増えたのだが、その事に関しては特に意味はなさそうだった。

うっかり交《か》わした視線は相変わらず興味なさそうにすぐ逸《そ》らされるし、何が気に入らないのかこっちが思わず身震《みぶる》いするほどに睨《にら》まれることもある。そんな態度を続けられれば、理由はどうあれ、麻貴は初対面の時から鷹邑に嫌《きら》われていたのではないかと考えてしまうのだ。あのキスだって、初心《うぶ》な麻貴をからかったタチの悪い嫌《いや》がらせとも取れる。

「——…初めてだったのに」

「えー、初めてって、何が？」

ふうっと鼓膜《こまく》に息を吹《ふ》き込まれて、ギョッとした麻貴は驚きのあまり悲鳴を上げた。いつの間にか至近距離から湊に顔を覗《のぞ》きこまれていることに気がつくと、動揺《どうよう》して椅子《いす》から転げ落ちそうになる。

「…湊、先生？　え、なんで？　いつのまに…」

いつからそこにいたのだろう。麻貴の隣《となり》で頬杖《ほおづえ》をついた湊が、にやにやと人の悪い笑《え》みを浮《う》かべてこっちを見ている。

「本気で気づかなかったんだ？　さみしいなぁ。結構前からいたんだけどね。麻貴ちゃん、何やら真剣《しんけん》な顔してお悩《なや》み中だったみたいだから」

湊が拗《す》ねたように唇を尖《とが》らせて、麻貴の頬を指先でぷにぷにと突《つつ》いてきた。

「そう、だったんですか」

全然気がつかなかった。

麻貴は改めて室内を見渡《みわた》して、テーブルを挟《はさ》んで向かい側には、先輩《せんぱい》保育士の那智《なち》と篤弘《あつひろ》もいることに驚く。彼らの給食がもうすでに三分の一は減っているのを見て、どれだけ自分はぼんやりしていたのかと恥《は》ずかしくなった。

「どうしたの、麻貴ちゃん。そんな悩ましい溜《た》め息なんかついちゃって、おニイさん心配だなぁ。何か悩み事があるなら、いつでも湊先生が相談にのってあげるよ」

さあ、言ってごらん、と。女性ならそれだけでどんなに堅《かた》い口でも焼き蛤《はまぐり》のようにぱかっと開いてしまうだろう魅力《みりよく》的な微笑《ほほえ》みを浮かべて、湊が麻貴の肩《かた》を抱《だ》き寄せる。一方、されるがままの麻貴は、どう考えても他人に相談できる内容ではない悩みを思い返して、再び深々と溜め息をついた。

「湊先生では、頼《たよ》りにならないんだよね？　麻貴くん」

するりと春風のような声で容赦《ようしゃ》ない言葉を滑《すべ》り込ませてきたのは、麻貴より二つ年上、二歳児未満クラス担当の和泉《いずみ》那智だ。男女問わず人目を惹《ひ》き付けてやまない美貌《びぼう》は今日も変わらず健在で、ふわりと微笑む姿はまるで大輪の花が咲《さ》いたように華《はな》やかで美しい。いまだに麻貴はわかっていても、そのハッとするような美人のふとした仕草に思わずうっとりと見惚《みと》れてしまうことがあるのだが、当然彼も正真正銘《しょうめい》男である。

「麻貴ちゃん…」

「そ、そんなこと、思ってないですよ」

情けない声を上げた湊に、麻貴は慌《あわ》てて首を振《ふ》って否定してから横目で那智を軽く睨んでみせたが、当の本人は何食わぬ顔で優雅《ゆうが》に汁椀《しるわん》を傾《かたむ》けていた。

「そ、そういえば。もうすぐお楽しみ会ですよね。職員劇もあるって聞いたんですけど、俺は初めてだし裏方かな？　どんな劇になるんですかね」

「さあ、どうだろ。——そんなことより、今の問題は俺がカウンセラーにむいているかどうかってことだよ、麻貴ちゃん」

必死の話題転換《てんかん》は、むにーと頬をつねられてあっさり失敗に終わる。だが、話の主旨《しゅし》は微妙《びみょう》に逸れていて麻貴にとっては好都合だ。

「湊先生、カウンセラーに転職するんですか」

「口は上手《うま》いし、女性の扱《あつか》いは手馴《てな》れているでしょうから、意外と向いてるんじゃないですか？」

また余計なところで、ちくりと那智がトゲを刺《さ》す。

その一言にぶーとむくれてみせた湊は、ちらと斜向《はすむ》かいに視線を流した。

「カウンセラーは麻貴ちゃん専用です。ご要望とあれば、なっちゃんのも引き受けるけどね」

「——ナッチャン？　誰が…」

「お断りしますよ」

ぐんと低まった那智の声に被《かぶ》せるようにして、なぜか隣から爽《さわ》やかな笑顔を浮かべた穂積篤《ほづみ》弘が湊に向かってきっぱりと言った。

学生時代はバスケットボール部のエースとして活躍《かつやく》していたという彼は、一目でそうと納得《なっとく》する恵《めぐ》まれた体形の爽やかな好青年だ。麻貴より一つ年上で、那智と同じく二歳児未満のクラスを受け持っている。

那智が柳眉《りゅうび》を不愉快《ふゆかい》げに跳《は》ね上げて、なんでお前が答えるのだというふうに横目でジロと篤弘を睨《ね》めつけた。だが、しれっとした彼は気にも留めず綺麗《きれい》な箸運《はしはこ》びで煮物《にもの》を口に運んでいる。

そんな先輩同士のやり取りをぼうっと眺《なが》めていた麻貴へ、隣で言い合いに飽《あ》きた湊がやれやれと小さく肩を竦《すく》めながら端整《たんせい》な顔を近づけてきた。

「な、なんですか」

何を考えているのか一切《いっさい》読めない視線に晒《さら》されて、麻貴は居心地《いごこち》の悪さにじりじりと椅子の上を後退《あとずさ》る。すると彼は、ニイッと不敵に唇《くちびる》を引き上げ、

「麻貴ちゃんの悩み、当ててやろうか」

唐突《とうとつ》にそんなことを言ってのけたのだ。

いきなり何を言い出すのだと、麻貴は大きな目をしばたたかせ、しかし続く言葉にギョッとする羽目になる。

「調理室にこもりっぱなしの、陰気《いんき》なオニーサン――……どう？」

「っ!?」

どう、と訊《き》きながらも、彼の瞳《ひとみ》はすでに確信しているようだった。

麻貴は咄嗟に否定しようとするが、自分自身の激しい動揺に言葉を阻《はば》まれてしまう。

思わず黙《だま》り込んでしまった姿を見て、一体何を勘違《かんちが》いしたのか、篤弘がまったく見当違いなことを言った。

「あ、もしかしてマッキー、恋煩《こいわずら》いだったりして？」

「っっ!?」

「へえ、そうだったの？　でもわからないでもないかな。鷹邑さん、カッコいいもんね」

「っっっ!?」

笑顔《えがお》で付け足すように言われて麻貴は弾《はじ》かれたように篤弘から那智へと視線をスライドさせる。それとほぼ同時に、何て事を言うんだと那智を睨めつけた湊が、直後この世の終わりのような顔をして「麻貴ちゃんっ!?」と、悲鳴を上げて抱きついてきた。

「麻貴ちゃん、あんなムッツリがいいわけ」

「何言ってるんですか。勝手なこと言わないで下さい！　そんな事を考えるわけないじゃないですかっ！　第一、俺も鷹邑さんも、男ですよ？」

「それは関係ない」

きっぱり返されて、一瞬《いっしゅん》押し黙る。

「と、とにかく！　そんな事を考えてたんじゃありません！　それに俺、今は仕事を覚えることでいっぱいいっぱいで……」

麻貴は懸命《けんめい》に首を振って否定した。こんなキラキラした美形たちに囲まれてはいるが、麻貴としては普通《ふつう》に女の子が好きだし、ましてや鷹邑相手に苦手意識は持っても、まさか恋愛《れんあい》感情を持つなんてありえない。

「え──と…ああ、あのですね。俺が悩んでたのは、今月のお誕生日会のことなんですよ」

だから、タイミングよく思い出したもう一つの悩みを打ち明けることで、麻貴は必死に三人の意識を再度鷹邑の話題から逸《そ》らそうとした。

そうしてこの企《たくら》みに、まず湊が引っかかる。

「六月の誕生日会？」

「はい。うちのクラスの須山太一《すやまたいち》くん。彼、六月生まれで、今月の誕生日会の主役の一人なんですよ。でも太一くん、アレルギー体質で、小麦粉や卵、あと牛乳も一切口にすることができないんです。だから、普通のみんなが食べるケーキが食べられないんですよね」

須山太一はこの六月で四歳になる園児で、身体《からだ》つきはむしろ平均より大きめの元気な男の子だ。しかし、小麦粉など、少なくとも三種類のアレルギーを持っているため、食べられるものが自然と限られてしまう彼にとって、その全《すべ》てを材料として使用している一般《いっぱん》のショートケーキは大敵だった。

麻貴の話に、那智がそういえばと思い出したように言った。

「小麦粉・卵・牛乳…。どれか一つのアレルギーっていう子はうちのクラスにもいるけど、三つ全部っていうのは珍《めずら》しいかな。そうか、アレルギーの子たちはお誕生日会には毎回ケーキの代わりにゼリーをフルーツで飾《かざ》りつけたもので代用してたね」

「そうなんですよ。たぶん、自分のそういう体質をわかってるんでしょうけど、この前太一くんと話していた時に、誕生日会の話題になって。他《ほか》の子の場合、すごく楽しみにしているっていうのが話し方で伝わってくるんですよね。でも太一くんは…、どうでもいい、って言うんですよ。その、もう諦《あきら》めたって感じが、見ていてこっちの方が辛《つら》くなるっていうか…。せめて自分の誕生日会くらいは、みんなと一緒《いっしょ》にケーキが食べたいんだろうな、って考えてたんです」

確か、その時は何気に見やった壁《かべ》に貼《は》られた『六月生まれのおともだち』のスペースに太一の名前を見つけて、周囲の子どもたちへ麻貴から水を向けたのだ。

てっきり乗ってくるとばかり思っていたから、主役の太一にふいとそっぽを向かれた時、自分の無神経さにひどく後悔《こうかい》したのを覚えている。三歳児の小さな頼りない後ろ姿が脳裏《のうり》にちらついて、きゅっと胸が引き絞《しぼ》られたかのように苦しくなった。

「あ——…アレルギーについては命に関《かか》わることだし、まあ用心しすぎて困ることではないわな。そっち関係の相談は俺たちじゃあんまり役に立たないし。やっぱり専門家にするのが一番手っ取り早いんじゃねぇの？」

保育士としてのキャリアは長い湊が、いつものおちゃらけた態度を一変して「ほら、噂《うわさ》をすれば」と、ひょいと持ち上げた箸の先で行儀《ぎょうぎ》悪く窓の外を指し示した。

つられるようにして麻貴も振り返り、そしてドキッとした。

「あ、鷹邑さんだ」

暢気《のんき》な篤弘の声に、しかし麻貴はパブロフの犬よろしく薄《うす》い肩《かた》をぶるりと震《ふる》わせる。

大きな窓の外では、シェフコートを脱《ぬ》いだ制服姿の鷹邑がちょうど洗濯《せんたく》物を干し終えたのか籐《とう》編みの洗濯籠《かご》を脇《わき》に抱《かか》えて休憩《きゅうけい》室の前を通りかかるところだった。

どうかこのまま、いつもの無関心さでさっさと通り過ぎてくれますように——。

そんな麻貴の願いは、だがしかし篤弘の張りのある声にあっさりとぶち壊《こわ》されてしまう。

「鷹邑さーん、今ちょっといいっスか？　マッキーが、相談があるらしいですよ」

「ええっ⁉」

予想外の仕打ちに心底ギョッとした麻貴は、思わず振《ふ》り向きざまに篤弘をキッと睨めつけた。

この男は、人畜《じんちく》無害のフリをしてなんて余計なことをしてくれるのだろう――。

ところが当の彼は一日一善と言わんばかりに満足そうな顔をして斜向かいに堂々と座っている上、麻貴と目が合うとにっこりと爽やかな微笑《ほほえ》みを寄越《よこ》してくるものだから、フツフツと湧《わ》き上がっていた怒気《どき》もしゅうう…、と瞬《また》く間に冷めてどこかに消えてしまう。それと同時に一気に疲《つか》れが押し寄せてきて、麻貴はガクリと肩を落とした。

「何だ？」

そこへ、ふいに背後から低い声が問いかける。

「麻貴ちゃんが、誕生日会のことでお前に相談したいことがあるんだってさ」

「誕生日会？」

湊の言葉に、鷹邑が怪訝《けげん》そうに繰《く》り返した。

声を聞いただけでビクリと身構えてしまう麻貴を、何も知らない湊が横から肩を叩《たた》いて促《うなが》してくる。けれどもせっかく話を振ってもらっても、この怯《おび》え切った首はなかなか振り返れないのだ。背中に突《つ》き刺《さ》さる視線が痛くて、いっそこの場から消えてしまいたいとさえ思う。

だが実際問題、麻貴がこの状況《じょうきょう》から逃《に》げ出すことは不可能だった。

ものすごく見られてる――。

背中に穴が開くかと思うほどの鋭い視線を感じながら、麻貴は苦々と諦めの溜《た》め息をついた。

そして、先輩《せんぱい》三人に見守られつつ、のろのろと窓辺を振り返る。

「あの、実は…アレルギーの子どものことで、ご相談したいことが、ありまして…」

恐《おそ》る恐る上目遣《うわめづか》いに窺《うかが》うと、やはり相変わらずの仏頂面《ぶっちょうづら》が麻貴をじっと見据《みす》えていた。

ふいに、脳裏につい先程の回想が再び蘇《よみがえ》る。

「――…っ」

その途端《とたん》、言葉では言い表せないほどの気まずさがこみ上げてきた。

ただでさえ頭は混乱状態に陥《おちい》っているというのに、外と内の段差のせいでいつもとは違う目線の位置がどうにも落ち着かない。その上、いつもならもうとっくに逸らされているはずの視線が今日に限ってはまったくその素振《そぶ》りも見られなくて、慣れない見つめ合いに緊張《きんちょう》した脳が酸欠になりクラクラしてくる。

乾《かわ》いた唇《くちびる》はパクパクと喘《あえ》ぐばかりで、なかなか続く言葉が出てこない。

「アレルギーの子どもが、どうしたんだ？」

もたつく麻貴の様子にいい加減痺《しび》れを切らしたのか、鷹邑が少し苛《いら》ついた声で訊《き》き返してきた。

彼の声を聞いただけで、また麻貴の肩は反射的にビクッと揺《ゆ》れる。

「おいおい、そんな怖《こわ》い顔するなよ。麻貴ちゃんが怯えちゃってるじゃんか」

その時、二人の緊迫《きんぱく》した様子に見兼《みか》ねた湊が、ピリピリとした空気をものともしない軽い口調で割って入った。よしよしと宥《なだ》めるように頭を撫《な》でられ、麻貴は完全に子ども扱《あつか》いされていると知りながらも内心ホッとして、大きな手の下でゆっくりと落ち着きを取り戻《もど》していく。そうしながら、無意識に安全圏《けん》を求めて擦《す》り寄ってしまったのか、自分が子どものように湊のシャツの裾《すそ》を摑《つか》んでいることに気づいた。

「ほら、麻貴ちゃんの大好きないちごみるくだよ」

そんな様子に満足した湊は、更《さら》に魔《ま》法《ほう》のようにエプロンのポケットからキャンディを取り出すと、麻貴の口の中にポンと放《ほう》り込んだ。まるで泣きじゃくる子どもが大人《おとな》にあやされているような感覚だったけれど、そのおかげで張り詰《つ》めていた気持ちが随分《ずいぶん》と和《やわ》らぐ。舌の上のそれをころんと転がすと、甘ったるいがどこか安心する味が口いっぱいに広がった。

麻貴が思わずふっと気をゆるめたその直後、窓際《まどぎわ》から地の底を這《は》うような低い声がひどく不機《き》嫌《げん》そうに吐《は》き捨てられた。

「悪かったな。この顔は生まれつきだ」

咄嗟《とっさ》にコクリと生唾《なまつば》を飲み込み無意識に身震《みぶる》いした麻貴は、湊の手の下から上目遣いにそろりと忍《しの》び見て、いや、そんなはずはないだろうと思う。

彼の眉間《みけん》には、さっきまで見当たらなかったはずの縦皺《たてじわ》が今はくっきりと刻まれているし、もともと吊《つ》り気味の目元も更に眦《まなじり》が切れ上がっている。麻貴の気のせいではなく、彼の機嫌は最初と比べて明らかに悪化していた。それに比例して表情にも凄《すご》みが増し、もともと顔立ちが整っているだけに余計に怖い。

鋭《するど》く眇《すが》めた眼差《まなざ》しが、麻貴をきつく睨みつける。

無言でぶつけられるそれはおそらく――嫌悪感《けんお》、だろうか。

どうして、自分ばかりがこんな思いをしなければならないのだろう――。

考えたら随分と理不尽《りふじん》な話だと思う。生理的に気に入らないのならもうそれは仕方ないと諦めるしかないけれど、俺が不愉快《ふゆかい》なのはお前のせいだとばかりに睨まれても、そんなの麻貴の知ったことではない。そんなふうに睨み据《す》えられても困るのだ。

「麻貴くん。もうすぐ亮司先生と交代の時間だよ？」

ゆっくりしてて大丈夫《だいじょうぶ》？　と、ふいにするりとこの緊迫した空気を完全に無視してのんびりとした声が滑《すべ》り込んだ。

麻貴はハッとして振り返ると、目の合った那智がすっとゴシック調の豪奢《ごうしゃ》な壁《かべ》掛け時計を視線で指し示してみせる。もうそろそろしたら亮司と交代しなければならない時間だった。

「お誕生日会まで、あと一週間しかないけれど」

独り言のように続けられた言葉に引きずられるようにして、途端《とたん》麻貴の脳裏にパッと太一の顔が浮《う》かび上がった。その瞬間《しゅんかん》、不安定に揺れていた胸を瞬時に別のものが支配する。まだ新米とはいえ、芽生えていた保育士としての使命感が麻貴にきゅっと引き結んだ口を開かせる決心をさせる。

「あの…っ」

かわいい園児のことだけに意識を集中させると、これまでがまるで嘘《うそ》のように引き攣《つ》れていた喉《のど》が開いて、するすると言葉が滑《すべ》り出てきた。突如《とつじょ》自分から目線を合わせて澱《よど》みない口調で事情を話し始めた麻貴の様子に僅《わず》かに目を瞠《みは》った鷹邑は、だが何も言わずにじっと話に耳を傾《かたむ》けてくれる。

「——アレルギーの子でも食べられるケーキか……」

最後まで聞き終えて、鷹邑がふいにぼそりと呟《つぶや》いた。その一言で言葉は途切《とぎ》れ、しばらく彼は真剣《しんけん》な顔で何やら考える素振りをしてみせる。その姿を麻貴は窓越しに固唾《かたず》を呑《の》んで見守る。

間もなくして、鷹邑がゆっくりと口を開いた。

「できると思う。新南さんたちとも相談して、今日にでも考えてみる」

「本当ですか！　ありがとうございます‼」

返ってきた朗報に、麻貴は思わず椅子《いす》から身を乗り出して満面の笑《え》みを浮かべた。

その瞬間、鷹邑がほんの一瞬《いっしゅん》だけ何か眩《まぶ》しいものでも見るようにそっと瞳《ひとみ》を眇める。

「相談は、それで全部か」

「あ、はい。いまのところは」

「そうか」

あれ——……？

なんてことのないその短いやり取りの中に、ふと覚えた微《かす》かな違和《いわ》感。

麻貴は心の中で首を捻《ひね》る。

一方、他《ほか》に用がないことを確認《かくにん》した鷹邑は、おもむろに洗濯籠を抱え直すとこちらを見向きもせずにさっさと行ってしまった。相変わらずの素っ気無さに、麻貴も先ほど感じた違和感は気のせいだったのだろうと思い直す。

誰もいなくなった窓辺から視線を室内に戻すと、椅子に跨《また が》って頬杖《ほおづえ》をついた湊と目が合った。

「なんだかなぁ」

「は?」

小首を傾《かし》げる麻貴の声は無視して彼はまだ何か言いたそうに甘めの目元を細めると、しばらく無言でじっと麻貴を見詰《みつ》め、そして何が気に入らなかったのか面白《おもしろ》くなさそうに一つ唸《うな》って項垂《うなだ》れたのだった。

2

園児たちが帰った後の遊戯室《ゆうぎしつ》は、明日のお誕生日会のために盛大に飾《かざ》り付けられていた。

「これでもう大丈夫でしょうか。それじゃあ、あとはこれを倉庫に片付けるだけですから、麻貴先生はもう上がってもいいですよ」

「俺、片付けておきますよ」

「ああ、いいですから。ちょうどホールに行く用事がありますし」

麻貴の申し出をやんわりと断って、亮司がフレームレスの眼鏡《めがね》の奥で優《やさ》しく微笑《ほほえ》んだ。広い敷地《しきち》の一角には、入園パーティーやお楽しみ会などの保護者参加イベントに使用する本格的な多目的ホールがあり、倉庫はそのホールに向かう途中《とちゅう》にあった。

「そうですか。それじゃあ、お先に失礼します」

色とりどりのモールが入っていた空の段ボール箱を抱《かか》えた亮司は、「お疲《つか》れさま」とにっこり微笑んで、遊戯室から渡《わた》り廊下《ろうか》に出て行った。

改めて室内を見渡すと、それぞれに分担した飾り付けはもう大体完了《かんりょう》していた。

月に一度の誕生日会は一、二階の各遊戯室で行われることになっており、一階のここは、三歳児以下の園児たちが使用する。

広い遊戯室は子どもたちが遊びやすいように段差もなく、全体的に淡《あわ》い色でまとめられていてやわらかく優しい雰囲気《ふんいき》の部屋だ。高い天井《てんじょう》付近の壁《かべ》には部屋を囲むように窓が取られ、そこからたっぷりと陽光を取り込めるようになっている。スイッチ一つで開閉できるカーテンはつい先日取り替《か》えられたもので、初夏のこの時季にぴったりの爽《さわ》やかなペパーミントグリーン。瑞々《みずみず》しい緑葉をイメージしたレースカーテンとよく合っていた。

床《ゆか》から壁の半ばあたりまでは子どもたちの事を考えた設計になっているものの、壁の上部から天井にかけては曲線と直線を組み合わせたアート的なデザインがなされていて、大人のちょっとしたホームパーティー会場として使用しても喜ばれそうだ。

そんな部屋なのだが、今は明日のお誕生日会のために室内は手作り感で溢《あふ》れている。

理事長の方針で飾り付けは市販《しはん》の物は一切《いっさい》使用せず、職員、または園児の手作りの物を飾ることになっているからだ。初めて誕生日会の準備に参加した時、麻貴にはスタイリッシュな造りの部屋に手作りの飾りはひどくアンバランスに思えたけれど、子どもたちと一緒《いっしょ》に作った色紙の鎖《くさり》やカラーペーパーの花で飾り付けられた会場は温かい雰囲気に包まれていて、今ではとても気に入っていた。

まだ室内には保育士が何人か残っていたが、話をしているだけで忙《いそが》しく働いている者はいない。

麻貴は一人遊戯室を後にする。

廊下を歩いていると、ふいに呼びとめられた。

顔を上げると、調理室のドアの前に立つ鷹邑の姿を見つける。

「もう飾り付けは終わったのか」

訊《き》かれて、麻貴はコクリと一つ頷《うなず》いて返した。

実は鷹邑に太一の相談をしたあの日から今日まで、打ち合わせめいた事で彼とは何度か言葉を交《か》わしていたのだ。なので他の職員と同じとまではいかないものの以前のような張り詰《つ》めた緊張《きんちょう》感はなく、それどころか気付けば自然に視線を交わすようにまでなっている自分に、麻貴は内心で驚《おどろ》いていた。少し前までは、遠目に彼を見かけただけでも即座《そくざ》に回れ右をして、発《ほっ》作《さ》的に逃《に》げ出しかけていたというのに。

こんなふうに変わった一番の原因はやっぱり鷹邑の纏《まと》う雰囲気の変化——ではないかと思う。初めて相談に乗ってもらったあの日もふと違和感を覚えたのだけれど、あれからなんとなく彼の視線や口調がやわらかくなったような気がするのだ。そのせいか対するこちらも、いつもなら顔を合わせたら半ば条件反射のように身構えてしまう癖《くせ》をすっかり忘れていた。脳に『怖《こわ》くて何を考えているのかよくわからない人』とインプットされていた彼が、今は『意外と優しい人』なのかもしれないとまで思い始めているのだから、自分で自分が不思議だった。

麻貴が頷いたのを確認して、鷹邑は続ける。

「明日の確認のために、太一くん用のケーキを作っていたところなんだ。試食してみないか？」

「本当ですか！」

その言葉に、麻貴は思わず声を上げて食い付いた。

咄嗟《とっさ》に思い出すのは、今日のお迎《むか》え時間の出来事だ。

玄関《げんかん》で麻貴が太一とさようならの挨拶《あいさつ》をしていた時の事——。たまたまそこに太一を知っている別の母親がやって来た。彼女は彼を見かけるとにっこり笑って、思い出したように明日の誕生日会の話題を持ち出してきたのだ。もちろん、そんな彼女に悪気は一切ない。だが、それまでご機嫌《きげん》だった太一は彼女の一言でたちまち機嫌を損ねてしまい、突然《とつぜん》ぷいっと顔を背《そむ》けると、一人先に玄関を出て行ってしまったのである。

おめでとうと伝えるつもりだった彼女は突然の事にポカンとなり、太一の母親も、息子《むすこ》に何が起きたのかわからないといった困惑《こんわく》顔。すぐに我に返った須山は子どもの無礼を謝って、急いで追いかけて行ったのだった。

そんなこともあって、麻貴はこの後調理組の誰でもいいから話ができないかと、まだ人気《ひとけ》のあった調理室を覗《のぞ》いてみるつもりだったのだ。

太一の体質について鷹邑に尋《たず》ねられたことは全部話したけれど、明日のケーキが一体どうなったのかはまだ確認していない。だから、鷹邑の方から太一用のケーキが出来たことを知らされて、麻貴は今心底ホッと安堵《あんど》していた。

「俺も一緒に試食させてもらっていいんですか？」

遠慮《えんりょ》がちに尋ねると、鷹邑は軽く片眉《かたまゆ》を持ち上げてお前が言い出したことだろうと、顎《あご》で調理室に入るように示してくる。

あの日以来二ヶ月ぶりに訪《おとず》れた広い室内には、他《ほか》に誰もいなかった。白で統一された部屋は目に眩しくて、麻貴は僅《わず》かに瞳を細める。

二人きりだ――。

そう思った途端《とたん》、ふっと脳裏《のうり》にあの時の記憶《きおく》が蘇《よみがえ》った。意識するなと思えば思うほど過去のそれと重なる状況《じょうきょう》に、踏《ふ》み出そうとする足が寸前で惑《まど》う。

そんな麻貴の戸惑いを見透《みす》かしたかのように、鷹邑が言った。

「新南さんと望と一緒に作ったんだ。いま、二人はゴミ出しに行ってるけど、すぐに帰って来るだろ」

「…そう、ですか」

きっと、過剰《かじょう》に意識しているのは麻貴の方だけなのだ。

鷹邑のいつもと変わらない淡々《たんたん》とした物言いは、まるで二人の間で起こった例の事件が、麻貴だけが見た白昼夢なのではないかと疑わせるほどだった。麻貴にとってはいまだに昨日の事のように鮮明《せんめい》に思い出せる一大事でも、彼にとってそれは何てことのない日常の中の一コマかもしれず、もうすでに記憶に残っているのも危《あや》うい些細《ささい》な出来事の一つにすぎないのだろう。

いつまでもこだわり続けている自分が馬鹿《ばか》みたいだ。

ゆっくりと頭の中が冷静になっていく。躊躇《ためら》っていた足を白い床の上に静かに下ろした。

厨房《ちゆうぼう》手前の事務室で麻貴は勧《すす》められたスツールに腰掛《こしか》ける。開け広げた戸口からその先の厨房が見え、カウンターでケーキを切り分ける鷹邑が背中越《ご》しに話しかけてきた。

「蓮宮が太一くんのお母さんにいろいろ聞いてくれたから助かった。四月に書いてもらった報告書を見ても入園時から特に追加された箇所《かしょ》はなかったけど、それでも現在の状況を確認《かくにん》しとかないといけないからな」

「なんだか、任せっきりですみません」

「何を言ってるんだ。これが俺たちの仕事なんだ。むしろ、こういう相談をしてもらえるのはこっちとしてもありがたい」

園児の事は保育士じゃないと気づかない事もあるからな、とケーキの皿を手に鷹邑が戻《もど》ってくる。

「使える材料でいろいろ試《ため》してみた結果、これが一番口あたりがよかったんだ。リ・ファリーヌを使用して作ったケーキだ」

彼は説明をしながら、麻貴の目の前にすっと慣れたプロの手つきで皿を置いた。

「リファ…？」

「リ・ファリーヌ。米の粉だ。薄力粉《はくりきこ》の代わりに米粉を使っている。卵も牛乳も一切使用していないから、アレルギーの子でも安心して食べてもらって大丈夫《だいじょうぶ》だ」

「これ、お米で出来ているんですか？」

麻貴は心底驚いて、差し出されたそれを食い入るように見つめた。

見た目は、よくケーキショップなどで見かけるものとまったく変わりない。絶妙《ぜつみょう》な力加減でホイップされた純白のクリームで綺麗《きれい》にデコレーションされているのも、きめ細かいふわりとした黄色いスポンジの断面も、いつも誕生日会で出てくるケーキと同じだった。

「このクリームは、食べても大丈夫なんですか？」

「生クリームの代わりに豆乳クリームを使用しているから問題ない」

「豆乳って、お豆腐《とうふ》を作るあれですか？——あ、おいしい」

　一口食べて、更《さら》に驚く。

　薄力粉のものと比べたら少し生地はもっちりとしているが、ちゃんとしたケーキだ。クリームはあっさりめで、むしろ麻貴は生クリームよりもこっちの方が好みかもしれない。

「すごい！　見た目も味も普通《ふつう》のケーキですよ。全然別の材料なのに」

　麻貴の想像の遥《はる》か上をいく出来に、思わず興奮気味にもなる。

「砂糖もマーガリンもアレルギー用のものだし、つなぎのでん粉には生のさつま芋《いも》をすりおろして使っている。調べてみてここの園児には山芋アレルギーの子はいなかったけど、念のため今回はさつま芋にしておいた」

「へえ。さつま芋が入ってるんですか。でも、すごいなぁ。限られた材料で、こんなおいしいものができちゃうんですね」

　料理は一種の魔法《まほう》だ。

「太一くんのように小麦粉・卵・牛乳全部が駄目《だめ》っていうのは珍《めずら》しいけど、どれか一つのアレルギー持ちの子はどのクラスにもいるからな。今までは、アレルギーの子は全員『ゼリーケーキ』で統一していたんだよ。まあ、ゼリーでも素材や味にはこだわっていたし、デコレーションもなるべく目を惹《ひ》くように工夫《くふう》していたから、今までは特に変えて欲しいっていう要望はなかったし、俺たちとしては大丈夫だと思ってたんだけどな。…口に出して言わなくても、心の中では思っていたのかもしれない。これからは、この米粉ケーキにしようかとさっきも三人で話していたところだ。太一くんのような思いをしている子は、他にもいるだろうから」

「そうですね……」

たぶん、その通りだと思う。太一の場合だって、彼の本心を知る事ができたのはほんの偶然《ぐうぜん》だったのだし、あの時、麻貴が何気に教室の壁《かべ》を見なかったら、おそらく今年も彼は黙《だま》ってゼリーケーキを食べて自分の誕生日会を終える羽目になっていただろう。もちろん、ゼリーケーキだって充分《じゅうぶん》おいしいに違《ちが》いない。けれども、子どもには味より何より、みんなと同じかどうかというのが重要なのだ。気がついてあげられなかっただけで、今までにも同じ経験をした園児が何人かはいるはずだ。

「太一くん、絶対喜ぶと思います。だって、みんなと同じ『ケーキ』だし。味だって、ほとんど変わらない。すっごく、おいしい」

そう言ううちに、皿の上のケーキはもう残り僅かになっている。ペロリと一口で食べてしまうのはもったいなくて、端《はし》からフォークでちびちび掬《すく》って口に運ぶ。

そんな様子が目についたのか、コーヒーを淹《い》れながら鷹邑が言う。

「まだ残ってるから、持って帰るか？」

「いいんですか？」

「そうしてくれると助かる。残すわけにはいかないし、俺たちのノルマも減る」

白磁のミルクピッチャーとシュガーポットも一緒《いっしょ》に添《そ》えて出してくれた彼は、厨房のカウンターの上を見やりながら軽く溜《た》め息をついた。一ホールのケーキを、麻貴がいなかったら調理組の三人でどうにかするつもりだったのだろう。

「もう一切れ食べるか？　あとは好きなだけ持って帰ってくれ」

「はい！」

もともと甘いものは大好きな上、仕事終わりで空腹なこともあって麻貴は遠慮なく頂くことにする。こんなおいしいケーキならもう一切れくらいぺろりと平らげてしまいそうだった。

ブラックコーヒーにたっぷりのミルクとシュガーを足し自分好みに調整していたところに、鷹邑が切り分けたケーキを運んでくる。

「いただきます」

「どうぞ」と、返事が返ってきたことに麻貴はなぜだかひどく心が浮《うわ》ついて、手にした銀のフォークの先が嬉《うれ》しそうにステップを踏んだ。口の中でほろほろとほどけてゆくケーキの欠片《かけら》が、先程よりも甘さが増したように感じるのは麻貴の気のせいだろうか。

「おいしい…っ」

頬《ほお》が幸せそうに蕩《とろ》け、思わず素直《すなお》な感想が零《こぼ》れる。つられるようにして間近で微《かす》かに笑う気配。

「前から思ってたんだけど──、蓮宮は本当においしそうにものを食べるんだな。見ていて気持ちがいい」

「え？」

思わぬ鷹邑の言葉に、せっかく掬ったケーキがフォークからころりと皿に落ちた。

ゆるゆると視線を持ち上げると、待ち構えていたように鷹邑と目が合う。

その瞬間《しゅんかん》、心臓がドクン、と大きく跳《は》ね上がった。

切れ長の眼差《まなざ》しに物言いたげにじっと見詰《みつ》められて、鼓動《こどう》が一気に加速する。いつもより随分《ずいぶん》と優《やさ》しい声音《こわね》が鼓膜《こまく》で鮮《あざ》やかに再生される。

「え……俺、いつ…何か食べましたか？」

咄嗟《とっさ》に尋《たず》ねた問いかけにあまり意味はなかった。ただの照れ隠《かく》しといってもいいそれに、ところが鷹邑は一瞬言葉を詰《つ》まらせて、しまったという顔で目線を揺《ゆ》らがせる。そして、

「たまに――…洗濯《せんたく》物を干しに外に出ると、休憩《きゅうけい》室の窓から蓮宮が給食を食べているのが見えるから……いつもあの席に座ってるだろ」

「ああ、そっか。はい。なんとなくあの席が気に入ってて……」

自分の知らないところで鷹邑に食事姿を見られていたのだと知ると、なぜだかひどく恥《は》ずかしくて、微かに目元を赤く染めた麻貴は上目遣《うわめづか》いに彼を窺《うかが》った。そうしてふと思う。たまに、と言うからには少なくとも数回は休憩室の窓越しに麻貴の様子を見た事があるのだろう。そのたびに、鷹邑は麻貴に今言ったような印象を持ってくれていたのだろうか――。

ふいに呼ばれて麻貴はハッと物思いから返った。直後、やけに真剣《しんけん》な顔をした鷹邑に見詰められていることに気づいてうろたえる。どうしていいのかわからず、間近で交《か》わしてしまった

視線を逸《そ》らそうにも逸らせない。

その時、おもむろに彼の手が持ち上がるのが視界の端に映り込んだ。

「——…っ！」

ゆっくりと、だが明らかに麻貴に向かって伸《の》びてくる骨張った手に、僅かにぴくりと震《ふる》えた身体《からだ》が完全に硬直《こうちょく》し心臓が異常な速さで高鳴り始める。

脳を激しく揺さぶる強烈《きょうれつ》な既視《きし》感。大きく目を瞠《みは》り、息を呑《の》む。

鷹邑の長い指が、麻貴の頬に触《ふ》れようとしたまさにその刹那《せつな》——。

「たっだいまー」

能天気な声とともに、突然《とつぜん》バンッ、と勝手口が開いた。

途端《とたん》ギョッとし、パッと反射的に距離《きょり》を取った二人は一斉《いっせい》にその方向を振《ふ》り返る。

「あれ？　麻貴じゃん」

珍しい来客に黒目がちの大きな瞳《ひとみ》をぱしぱし瞬《また》かせて一瞬驚《おどろ》いてみせたものの、すぐに人懐《ひとなつ》っこい笑顔《えがお》を浮かべて小犬のように駆《か》け寄って来たのは園の専属栄養士である望だった。その後ろから同じく意外そうな顔を覗《のぞ》かせた調理師の新南が入ってきて静かにドアを閉める。

「麻貴たん、いらっしゃい」

「おっ、お邪魔《じゃま》、してます」

にっこりと新南に微笑《ほほえ》まれて、咄嗟に取り繕《つくろ》った笑みが引き攣《つ》る。予想外の事態の連続にもはやパニック寸前の己《おのれ》の心臓を麻貴は必死に宥《なだ》めながら、そういえばと思い出す。ゴミ捨てに行った二人の存在をすっかり忘れていた。

啞然《あぜん》となる麻貴に、一方こちらは取り乱した様子もない鷹邑がいつものポーカーフェイスで冷静に告げてきた。

「蓮宮、口元。クリームがついてる」

「え？」

振り向くと、すぐさま手渡《てわた》されるティッシュペーパー。

「うっ、すみません」

慌《あわ》てて受け取って口元を拭《ぬぐ》いながら、麻貴は赤面しつつ考えた。

もしかしたらさっきの鷹邑の行動は、口元についたクリームを拭《ふ》いてくれようとしたのかもしれない。だとすれば、一人胸をドキドキさせて過剰《かじょう》反応してしまった自分が物凄《ものすご》く恥ずかしいではないか。いや、でも、彼には前科があるし――。

羞恥《しゅうち》に火照《ほて》る目元をなんとか自力で冷まそうと、深く息を吸いながら、彼の厚意《こうい》を素直に受け入れられない自分にほとほと呆《あき》れる。麻貴は少し落ち着きを取り戻《もど》したところで、おそらく下心なんてまったくなかっただろう鷹邑にこっそりと心の中で謝った。

「お、麻貴たん。さっそく試食してくれてるんだ？　どう、お味の方は？」

望の肩越《かたご》しに麻貴の手元を覗き込んで、新南が感想を訊《き》いてきた。

「すごくおいしいです。さっき、鷹邑さんにこれがお米で出来てるって聞いて、びっくりしたところなんですよ。豆乳クリームも初めて食べたんですけど、おいしくて。俺は、生クリームも好きだけど、どっちかっていうと豆乳クリーム派かも」

「ああ、生クリームよりもあっさりしてるからね。子どもにはちょっと物足りないかもしれないけど、そこは我慢《がまん》してもらうしかないなぁ」

「太一くんは乳製品全般《ぜんぱん》が食べられませんから、そのへんは構わないと思います。太一くんにとって、これが人生で一番最初に口にするケーキですから」

麻貴が生まれて初めてケーキというものを食べたのは、いつだったのだろうか。当時の幼い自分はその瞬間、どう思っただろう。

記憶《きおく》をめぐらせながら、きっと目をキラキラ輝《かがや》かせて感動したはずだと思った。

綺麗《きれい》に空になった皿とカップをテーブルに置いて、麻貴は改めて三人に向き直った。

「すごくおいしかったです。本当にありがとうございました。俺の思いつきで、皆《みな》さんには手間を取らせてしまって申し訳なかったですけど——…でも、相談してよかった。明日の誕生日会で太一くんがどんな反応するのか、今からすごく楽しみです」

「それが俺たちの仕事だからね。むしろ、今回みたいに子どもたちをよく見ている保育士さんたちに、いろいろと現場で気づいたことを教えてもらえるとこっちも助かるし、勉強になるからさ。これからも何かあったらちゃんと相談してくれると嬉しい」

新南がにっこりと微笑む。「目元の泣きぼくろがエロい！」と、湊が騒《さわ》いでいたこの彼は、ここ調理室を仕切る男だ。普段《ふだん》のノリは軽めだが、頭が切れていざという時に頼《たよ》りになると、保育士たちからも慕《した》われていた。

「なあなあ、麻貴。太一くん、喜んでくれるといいよな」

「喜びますよ。明日、誕生日会が終わったら、報告にきますね」

麻貴は望と笑顔を交わし、それからふと彼の肩越しに鷹邑を見た。

その瞬間、心臓を何かに貫《つらぬ》かれたような激しい衝撃《しょうげき》が駆け抜《ぬ》ける。

笑った——……？

不意打ちとはいえ初めて目にした微笑《びしょう》の印象は、あまりにも強烈に脳に焼き付いて——……その後しばらくの間、不整脈を繰《く》り返す麻貴の心臓は鎮《しず》まりそうにもなかった。

✤　✤　✤

それは翌日、六月生まれを祝う誕生日会の中で、保育士が園児たちにケーキを配っている最中《さなか》の出来事だった。

飾《かざ》り付けられた遊戯室《ゆうぎ》に集まり、六月生まれのおともだちが一人ずつ紹介《しょうかい》され男の子はクラウンを、女の子はティアラをプレゼントと一緒《いっしょ》にもらった後、みんなでハッピーバースデーのお歌を歌う。そしていよいよケーキの登場となる。

この日は主役だけでなくどの子も興奮気味だ。月に一度の誕生日会で出されるケーキは、大人《おとな》が思う以上に子どもたちには楽しみなものらしく、汚《よご》れないように色とりどりのスモックを着てすでに準備万端《ばんたん》の彼らはそわそわと落ち着きがない。

純白のクリームでデコレーションされたケーキの上には宝石のようにつやつやと輝く真っ赤なイチゴ。アクセントとして飾られた繊細《せんさい》なチョコレート細工の花は食べてしまうのがもったいないほどに見事なものだ。自分の前に置かれたそれを見て、あちこちで歓声《かんせい》が上がっている。

麻貴はせっせと子どもたちにワゴンのケーキを配りながらも、ちらちらと視線を別方向に飛ばしていた。

今日の主役の証《あかし》であるクラウンを頭に載《の》せた太一だ。本来なら一番はしゃいでいてもいいはずの彼は、騒がしい周囲から一人浮いてまるでこのイベントに興味はないとでもいうように椅《い》子《す》に座ってぶらぶらと両足を遊ばせている。

まもなくして、太一にもケーキが配られる。

その瞬間だった。つまらなそうにしていた太一の顔が一瞬きょとんとなり、次に困惑《こんわく》したようにきょときょとと視線を忙《せわ》しげに彷徨《さまよ》わせ始めたのだ。

彼がそうなるのも無理はない。目の前に置かれたのは扇形《おうぎがた》に型抜《ぬ》いたゼリーにフルーツで飾りつけた見慣れたゼリーケーキではなく、クリームでデコレーションされた黄色いスポンジのみんなと同じショートケーキだったからだ。

太一は隣《となり》の子にケーキを配っていた亮司を呼び止めて何やら必死に話しかけている。そして、

「マキせんせー！」

突然《とつぜん》椅子から立ち上がると、コの字形にセッティングされたテーブルの間を器用にすり抜けて麻貴目掛《が》けて一直線に駆け寄って来たのだった。

「太一くん、ダメだよ。危ないでしょう」

麻貴は持っていたケーキを近くのテーブルに置いて、飛び込んできた小さな身体を抱《だ》きとめながらまずは注意する。けれども内心ではこんな彼の反応が嬉《うれ》しくて堪《たま》らない。

太一は麻貴の胸元《むなもと》に埋《うず》めていた顔をパッと上げて、興奮気味に自分が座っていたお誕生日席を指差して叫《さけ》んだ。

「マキせんせ、ケーキ！　ケーキだよ！　ボクが食べてもダイジョーブなケーキなんだって！」

予想以上の喜びように、麻貴は思わず太一の頭を撫《な》でてやりながらうんうんと頷《うなず》く。

「太一くんのために、給食の先生が一生懸命《けんめい》作ってくれたんだよ。あとで先生と一緒にお礼を言いに行こうね」

「うん！」

くしゃりと満面の笑みで太一が頷いた。

ぴょんぴょん跳《は》ねて全身で喜びを表現する太一を麻貴は苦笑《くしょう》しながらなんとか席に帰して、自分は再び作業に戻る。他《ほか》の子にケーキを配る手を動かしながらも、合間でチラチラと肩越しに様子を窺《うかが》う視線の先には、目をキラキラと輝かせてまるで大切な宝物を見詰《みつ》めるように自分の前に置かれたケーキをいとおしそうに眺《なが》めている太一の姿。

まもなくして、みんな揃《そろ》って『いただきます』の挨拶《あいさつ》をすると、子どもたちは一斉《いっせい》にフォークを手に取った。太一もいそいそと銀のフォークを持つ。そしてそっと尖《とが》った先端《せんたん》を割って欠《か》け片《ら》をフォークに刺《さ》すと、それをじっと見詰め、ゆっくりと口に頬張《ほおば》った。途端《とたん》、パアッと頬を紅潮させたかと思うと、彼は嬉しそうに微笑んでそれから夢中で小さな口をもぐもぐ動かし始めるのだった。

そんな彼の様子を見て、麻貴は胸の辺りがジンと熱くなるのを感じる。今年度に入ってすでに誕生日会は二回行ったけれど、三回目の今回は麻貴にとっても特別なものになった。太一のあの笑顔《えがお》はきっと麻貴の中で忘れられない思い出として残るはずだ。

誕生日会がお開きになると、遊戯室に集まっていた園児たちは保育士に連れられてそれぞれの部屋に戻っていき、お迎《むか》え時間までの間を各保育室で過ごす。

三歳児クラスの『うさぎぐみ』では、来月に控《ひか》えたお楽しみ会で展示する絵の続きを描《か》き、五時前になってそろそろお片付けをし始めたところだ。五時から六時にかけてがお迎えの時間になっているので、それまでに帰り支度《じたく》をして五時に一度みんなで『さようなら』の挨拶をすることにしている。その後はＤＶＤを観《み》るグループは大型テレビの前、折り紙を折ったり絵を描いたりする子は後ろ側のテーブルにそれぞれ分かれてお迎えを待つ。

挨拶を終えた直後、麻貴のところに駆《か》け寄って来る園児がいた。太一だ。約束していたケーキのお礼を言いに行こうと、麻貴の手をぐいぐい引っ張る。

亮司に話はしてあったので、麻貴は太一を連れて『きゅうしょくしつ』とプレートの掛かっている部屋のドアを叩《たた》いた。

すぐに、内側から待ち構えていたように開けられる。

「おおっ、やっぱり太一くんだ！」

いらっしゃいと満面の笑みで出迎《でむか》えてくれたのは望だ。

「皆さんおそろいですか？」

「奥にいるよ。どした？　太一くん、おいでおいで。麻貴先生もどうぞ」

望はドアを開け広げて、緊張《きんちょう》でもじもじしている太一を手招いた。先ほどは意気込んでいたが、普段面識のない望を間近に見て急に人見知りが出てしまったらしい。麻貴がそっと躊躇《ためら》っている小さな背中を押してやるとびっくりしたように振《ふ》り返った太一は、頷く麻貴を見て自分もこくりと一つ頷いてから向き直り、まだ少々緊張気味な様子で差し出された望の手を取った。にぱっと笑う望に手を引かれて部屋に入る。

誕生日会の後片付けを終えて一息ついていたのか、厨房《ちゅうぼう》手前の事務室にはコーヒーの香《こう》ばしい香《かお》りが残っていた。

望が呼びに行き、奥にいた鷹邑と新南が顔を出す。

揃った給食の先生たちを前にして、急にシャンとした太一は、

「たんじょうびかいのケーキをつくってくれて、ありがとうございました！」

大きな声でハキハキと礼を言ってから、ペコリと頭を下げた。

「どういたしまして」

とても愛らしいお礼に、三人の表情が一斉に和《なご》む。

一番近くにいた鷹邑は長身を縮めるようにしてすっとしゃがみ込むと、きちんと太一と目線

を合わせてから尋《たず》ねる。

「ケーキ、おいしかったか？」

笑顔で「うん！」と元気よく返って来た返事に、鷹邑がふっと切れ長の目元を細めた。鋭《するど》い顔立ちをやわらげて、思わずといったふうに小さな頭を撫でる。

そんな光景を目《ま》の当たりにして、麻貴は内心面食《めんく》らう。

普段は仏頂面《ぶっちょうづら》の男も、子ども相手にならこんなにも優《やさ》しい顔をしてみせるのだ。鷹邑の意外な一面を見てしまい、驚《おどろ》いた胸がトクン、と小さく鳴った。

幼い頭は目の前の大人が『優しい人』だと判断したのか、太一はそれからケーキが出されて嬉しかったこと、初めて食べたそれがすごくおいしかったことを、たどたどしいながらも身振《みぶ》り手振りも交えて一生懸命説明し始めた。太一が何の抵抗《ていこう》もなくするりと鷹邑に懐《なつ》いたことが、麻貴にはなんだか不思議だった。

子どもは正直だと言うけれど――…。

大人にはない子ども特有の感性は、ある意味その人の内面を知る貴重な判断基準となる。そこに少しでも何か不快に触《ふ》れるものがあれば、見た目はどんなに優しそうな人間でも子どもは決して近付こうとはしないものだ。

もったいないな――…。

こうなると、調理師という職種上同じ園内にいても直接彼らが園児と触れ合う機会が少ないことが、なんとなく残念に思えてくる。

特に鷹邑に関しては、こんなふうに大人の前でも愛想《あいそ》よく振《ふ》る舞《ま》ってくれればいいのだけど。

そうすれば、今までは遠巻きに見ていることだけしかできなかった保護者たちも、もっと彼に親しみを持ってくれるだろうに。

実際、麻貴がいい例だ。以前の麻貴は鷹邑に対する苦手意識が強すぎて、朝に顔を合わせて挨拶をするだけでもひどく緊張して仕方がなかったのだ。しかし勇気を出して一歩踏《ふ》み込んだことで、彼の印象はがらりと変わった。相談にも真剣《しんけん》に乗ってくれるし、微笑《ほほえ》みかけてもくれる。先入観がなくなれば、もっともっと本当の鷹邑を知りたくなる。

「それじゃあ太一くん、もうそろそろお迎えが来る時間だからお部屋に戻《もど》ろうか」

新南と望にも散々かまわれて、もともとクセの強い髪《かみ》を鳥の巣のように乱した太一を連れて麻貴は調理室を出る。

戸口までついて来てくれた鷹邑が、ふと麻貴に背後からこっそりと耳打ちをしてきた。

「よかったな」

驚いて思わず振り仰《あお》ぐ。

「――はい」

頷くと、鷹邑はひどく優しげに目元を眇《すが》めてみせた。

✤　✤　✤

その日は全体的に園児のお迎えが早く、片付けまで全《すべ》て終わらせて園を出ても、まだ六時半を少し回ったところだった。

顔見知りの守衛と挨拶を交わしてからアイビーをモチーフにした豪奢《ごうしゃ》なアイアンの正門を通り抜《ぬ》け、見上げて薔薇《ばら》の花を模した時計を確認《かくにん》して麻貴は少し嬉しくなる。日が長くなり、まだ辺りは明るい。特に何か用事があるというわけではないのだけれど、いつもより早く仕事が終わったと思うだけでなんだか得した気分になる。

正門を出て少し歩いたところで、麻貴は背後から呼び止められた。

「あれ…、湊先生」

「おつかれ」

ひらひらと手を振りながら歩み寄ってきた湊は、麻貴の隣《となり》に自然な感じで肩《かた》を並べ一緒《いっしょ》に歩き出した。湊の自宅マンションも麻貴のアパートと同じ方角にあるので途中《とちゅう》までは同じ道だ。

「そういえば、麻貴ちゃん。俺今日、太一くんと話したんだけど」

「え？　太一くんとですか？」

クラスは違《ちが》うとはいえ、子どもたちも保育士の顔はみんな知っている。園舎内で会ったら麻貴だって別クラスの園児と話すし話しかけられる。

ブラックジーンズのポケットに手を突《つ》っ込んで、湊が頷《うなず》いた。

「太一くん、よっぽど誕生日会のことが嬉《うれ》しかったんだな。あれからもう一週間は経《た》ってるのに、あの日食べたケーキの事を俺に一生懸命《けんめい》話して聞かせるんだよ」

「そうですか。俺にもいまだに話しますよ。家でも思い出したように何度も話すらしいです。お母さんもすごく喜んでわざわざお礼を言いに来られましたし。太一くん、この前はケーキを食べてる自分の絵を描いて見せてくれました」

「喜んでくれて何より。麻貴ちゃん、お手柄《てがら》」

「俺は別に何もしてないですよ。ケーキを作ってくれたのは鷹邑さんたちですから」

麻貴はゆるく首を振って笑った。

「……鷹邑サン、ね」

「何ですか？」

「別にぃ」

ひょいと眉《まゆ》を上げてみせて、湊は小さく溜《た》め息をつく。

「まあ、これを機に子どもの食事についていろいろ考えてみるのもいいかもな」

「そうですね。あの誕生日会以来、アレルギーの相談をしてくる保護者の方も多いんですよ。太一くんだけじゃなくて、今までゼリーケーキを食べていた子のほとんどがショートケーキを初めて食べたっていう子たちで、やっぱりおうちに帰ってから嬉しそうに喋《しゃべ》ったみたいです。その後から、もっとアレルギーの子の食事について知りたいって言って来られる方が増えました」

「『くまぐみ』の先生もそういえば言ってたなぁ。あと、アレルギーだけじゃなく、好き嫌《きら》いについても話があったらしいよ。小学校に上がる前に、子どもたちの好き嫌いをできるだけ克《こく》服《ふく》しときたいって。俺も、最近親から食事の相談を持ちかけられることが増えたしなぁ。でも、専門の知識とか絡《から》んでくると俺らじゃ力不足だし」

「やっぱり、調理師さんや栄養士さんの力を借りないと難しいですよね」

保育士は話を聞いて、過去にあった実例や経験をもとに簡単なアドバイスをすることぐらいはできるけれど、本格的な相談に乗るとなると別だ。特にアレルギー関係は慎重《しんちょう》に取り扱《あつか》わなければならないので当然プロの知識が必要となってくる。

そういえばと、麻貴は先日調理室を訪《おとず》れた時の事を思い出した。

「鷹邑さんや新南さんが言ってたんですけど――。園児たちと接する時間って、調理組と比べたらどう考えても保育士の方が圧倒《あっとう》的に多いじゃないですか。給食時間も子どもたちが食べる様子を見ているのは俺たちですし。調理組の方も、食べ残しの量とかで全体のことはわかるらしいですけど、個人的なことになると難しいみたいです。だから、今回の太一くんみたいな子に気づいてあげられるのは保育士しかいないんだから、何かあったらすぐに教えてほしい――って、言われました」

「調理組とのコミュニケーション不足？　まあ実際、食べ物の好き嫌いとか、あの人たちに聞いてみようとか思いながら結構後回しになってる事が多いかも」

「俺もです。アレルギーとかはさすがに気をつけますけど、好き嫌いに関しては、親もいつか食べられるようになるだろうって放《ほう》っておくことが多いみたいですね。時々、新南さんや望さんがお迎《むか》え時間に玄関《げんかん》付近に顔を出すと、ここぞとばかりに俺に相談してくるお母さんがいますけど」

「麻貴ちゃんに？」

「たぶん、保育士とは違《ちが》って直接新南さんたちには話しかけにくいみたいなんですよ。だから、俺に仲介《ちゅうかい》を頼《たの》むというか…。すぐそこにいるから、話は丸聞こえなんですけどね」

苦笑《くしょう》気味に話して聞かせると、湊はへえと軽く目を瞠《みは》ってみせた。

「それで俺、思ったんですけど。『給食だより』ってあるじゃないですか」

「うん？　ああ、ノンちゃんが作ってるやつね」

栄養士の望が毎月定期的に作成するそれは、子どもたちの食や健康に関する事柄《ことがら》の他《ほか》に、季節の食材を使った家庭料理やその月の行事にちなんだアイデアレシピが載《の》っていて、保護者にも大好評のおたよりだ。

「その『給食だより』に一言、『子どもの食事について何かあれば、調理師、栄養士に気軽にご相談ください』って、載せてみたらどうですかね。口で言うより、おたよりっていう形にして渡《わた》した方がいいと思うんですけど」

「そうだなぁ。だっておたよりに書いてあったし——って、強気でいけるからな。今度の会議で提案してみたら？　まだ今月のおたよりには間に合うでしょ」

「あ、そうですね。全体会議には皆《みな》さん参加しますもんね。それじゃあ、言ってみようかな」

職員の自主性を重んじる職場は、たとえ下っ端《ぱ》の麻貴の発言でも決してないがしろにしないし、麻貴自身も何かあれば積極的に意見を言うようにしている。

「ついでに、調理組もお迎えの時間にはできるだけ保護者の前に顔を出すように言ってよ」

頭の中でどう言おうかと言葉を組み立てている横から、湊が付け加えた。

「ニーナさんやノンちゃんはよく見かけるけど、もう一人は調理室から出て来ないだろ？　おたより効果で尋《たず》ねてくる親が増えたら、相談役は二人じゃ回らないんじゃない？」

「あ、そっか。そうですよね……」

言われて麻貴は、子どもを迎えに来た保護者でごった返す正面玄関で鷹邑を見かけたことがないのに気がついた。

「仕事を分担してるんじゃないですか？」

「どうだろ。あの愛想なしは面倒臭《めんどうくさ》いだけだったりして」

「そんなことないですよ！」

半ばムキになって否定して、麻貴はハッと我に返る。するとぽかんと見下ろしてくる湊と目が合った。

「あ、え——……と、メンドウクサイとか、そういう理由じゃないと思うんです。だって鷹邑さん、すごく仕事には真面目《まじめ》だし、本当は優《やさ》しいし、愛想はないように見えて、実はちゃんと笑うし、だから……」

必死に話そうとすればするほどしどろもどろになる自分に、だんだんと苛立《いらだ》ちを覚える麻貴は小さく唸《うな》りながら歯嚙《はが》みする。そこへ、頭上から聞こえよがしの溜め息。

「随分《ずいぶん》と懐《なつ》いちゃってまあ」

「え？」

思わず顔を上げると同時に頭をくしゃくしゃと掻《か》き混ぜられた。

「わっ、湊せんせ」

驚《おどろ》く麻貴の頭をぽんぽんと叩《たた》きながら、湊は「これはとあるスジからの情報だけど」と前置きしてこんな話を聞かせる。

「鷹邑サンね。手先は器用だけど、対人関係に関しては超《ちょう》がつくほど不器用なのよ。前の職場ではそれが原因でトラブルになったらしいけど、そこをうちの理事長が引き抜《ぬ》いた――という裏話があったりして」

手のひらがゆっくりと頭から遠退《とおの》いてゆく気配がして、麻貴は顔を跳《は》ね上げた。

「まあ、口下手《べた》無愛想の性格を自覚してのことだろうけど、ここはレストランじゃなくて保育園だからねぇ。しかもウチみたいなちょっと変わった園だと、保育士、調理師関係なく保護者サービスも重要なお仕事の一つなわけだから」

だよね、麻貴ちゃん？　と問われて、咄嗟《とっさ》にこくこくと頷く。

「あんまり甘やかすのも本人のためにならないだろ。今までは遠巻きに眺《なが》めるだけだった男が相談に乗ってくれるとなればお母さま方も大喜びで、これは一石二鳥――というわけで、麻貴ちゃんの出番だ」

「今度の全体会議…ですね？　がんばります」

意気込むと、にやりと唇《くちびる》を引き上げた湊は何も言わずに麻貴の肩をぽんぽんと叩いた。

園と保護者とを結ぶものに、『れんらく帳』がある。自宅での子どもの様子を親が、園での様子を保育士が毎日この『れんらく帳』に書いてやり取りをするのだ。

また、事務局・調理室からもそれぞれ保護者に向けて、定期的に趣向《しゅこう》をこらした『おたより』が発行されているのだが、今回発行された『給食だより』には大きく『子どもの食事について、気軽にご相談ください』と、かわいいイラスト付きで記載《きさい》されていた。先日の全体会議で話し合った結果だ。

✤
✤
✤

おたよりが発行された翌日からさっそく、いつもより早めにお迎えにやって来た母親たちが玄関ホールで待ち伏《ぶ》せし、お迎え時間になると顔を出すことにした望や新南を我先にと呼び止めて積極的に話しかけている光景を見かけるようになる。普段《ふだん》は、主に保育士と保護者の面談に使う相談室にも使用中のプレートが掛《か》かることが多くなった。

おたよりの効果は覿面《てきめん》で、とうとう人手不足からか鷹邑も駆《か》り出されることになったらしい。

お迎え時間の五時から六時にかけて、正面玄関では母親たちに囲まれている鷹邑をよく見かけるようになった。話している内容まではわからなかったけれど、口下手だと聞いていた割にはうまく対処しているようだ。

保護者同士の会話に鷹邑の名前が出てくると自然と聞き耳を立ててしまう麻貴だったが、心配も杞憂《きゆう》に終わり、その評判は上々。彼のファンがここ数日で明らかに増加している気配を感じて、なぜだか麻貴まで嬉《うれ》しくなるのだった。

そんな日が続き、更《さら》に数日経《た》った頃《ころ》――。

仕事終わりの麻貴が廊下《ろうか》を歩いていると、ふいに鷹邑に呼び止められた。

麻貴はその声に振《ふ》り返る。もう真正面から視線を交《か》わしても、以前のようにいちいちびくつくことはない。

ゆっくりと歩み寄ってきた鷹邑は高い位置から麻貴を見下ろして、少し逡巡《しゅんじゅん》するような間をあけたのち、「給食だよりのことだけど」と切り出した。

「給食だより、ですか？」

一瞬《いっしゅん》きょとんとしてしまった麻貴だったが、どうやら彼が言いたいのは、ここ数日で一気に忙《いそが》しくなった『子どもの食事相談』についてだと遅《おく》ればせながら察する。

改めて鷹邑を見詰《みつ》めて、麻貴はまず謝った。

「すみません。帰る時間、遅《おそ》くなってますよね」

本来ならこの時間とっくに帰宅していてもおかしくない彼は、まだ麻貴と同じ制服姿だ。

六時で保育時間は終了《しゅうりょう》となるため、渋々《しぶしぶ》引き上げて行った彼女たちだったが、どうやら今日はとうとう彼らを外に連れ出して広い園庭で話し込んでいたらしい。窓の施錠《せじょう》をしていた麻貴は、帰したはずの園児たちがまだ庭を駆け回っているのを見つけてギョッとしたのだ。適当なところで新南がうまく切り上げたようだが、勤務時間外に及《およ》ぶようでは今後のことを考え直さなければいけない。発案者の麻貴としては彼らに残業をさせる結果になってしまい、かえって申し訳なかった。

ところが鷹邑は、いや、と軽くかぶりを振ってみせる。

「それは別に構わない。これからは保育時間内で終わらせるようにするし、長くなるようなら理事長に相談して、園のホームページでも相談を受け付けようかって話も出てる。いつまでも親と外で話して、子どもを放って置くわけにはいかないしな」

そこで一旦《いったん》言葉を切ると、彼は少し躊躇《ためら》うような間をあけてからぼそっと言った。

「俺は――、お前に一言、礼が言いたくて」

「礼？」

麻貴は鸚鵡《おうむ》返《がえ》しに言って小首を傾《かし》げる。

微《かす》かに視線をずらした鷹邑がひどく言い難《にく》そうに再び口を開いた。

「俺は、自分が保護者から敬遠されているのは、まあ…自覚していたし。もともと口下手だから、こういう事は、人当たりのいい新南さんや望に任せた方がいいと思っていたんだ」

低い声がとつとつと続ける。

「仕事なんだから、苦手なんて理由は言い訳にしかならないとは、わかっているんだけどな。俺のことをよく知ってるあの二人に甘えて、いつのまにか人前に出る仕事は任せて、俺は残った雑用にまわる――っていう役割に落ち着いてしまっていた。だから、今回の給食だよりの件は、正直全体会議で話が上がった時は戸惑《とまど》ったけれど、今は感謝しているんだ。もうここは結構長いのに、いまさら急に人が変わったように保護者の前に出て行くのもおかしいだろう？　何か、不自然に思われないようなきっかけがないと…。だから、蓮宮の提案に助けられた」

改めて、ありがとうと告げられて、麻貴は面食《めんく》らった。

彼には迷惑《めいわく》顔をされても仕方ないと思っていたから、こんなふうに面と向かって礼を言われてしまうと、どうしていいのかわからない。

「――それで。これはその礼だ」

宙に視線を彷徨《さまよ》わせてうろたえる麻貴に、唐突《とうとつ》に鷹邑がぶっきらぼうな仕草で小さな紙袋《かみぶくろ》を突《つ》き出してきた。びっくりして、反射的に思わず一歩後退《あとずさ》る。

「何、ですか？」

「アップルパイを作ったんだ」

「アップルパイ……？」

何で鷹邑がこんなものをくれるのかいまいち真意がわからなくて、麻貴は内心で首を傾げる。だがいつまでも彼にこの恰好《かっこう》をさせておくのも悪いので、とりあえず差し出されたそれを受け取った。

すると、間近でホッと安堵《あんど》したような吐息《といき》の漏《も》れる気配。

本当は、こんな『お礼』をもらうようなたいそうな事はしていないのだけど――。

けれども、麻貴のした事は、彼にとってそれだけの価値があることだったのだと思うと、心がひどく弾《はず》んだ。なにより鷹邑の役に立てたことが嬉しい。

「ありがとうございます。遠慮《えんりょ》なく頂きます」

にやけそうになる顔を引き締《し》めたつもりが、堪《こら》えきれずに笑《え》み崩《くず》れた。一瞬、鷹邑が涼《すず》やかな目元をふっと優《やさ》しげに眇《すが》める。その眼差《まなざ》しは、子ども相手に向けるものとはまた別な感じがして、なぜだかドキリと胸が高鳴った。

「ああ。それじゃあ、お疲《つか》れさま」

「お疲れさまでした」

最後はいつものポーカーフェイスに戻《もど》り、素っ気無く踵《きびす》を返して鷹邑が去っていく。

どうやらまだ用があるらしく調理室に向かう大きな背中を見送って、麻貴は手元の紙袋を覗《のぞ》き込んだ。袋の中にはセンスのいいココア色の小さなケーキボックスが入っている。

先ほど鷹邑は自分でこれを作ったのだと言った。

「……律儀《りちぎ》な人なんだな」

忙しいだろうに、麻貴のためにわざわざパイを手作りしてくれたのだと思うと、胸の底から何かむずむずとくすぐったいものが湧《わ》きあがってきて、麻貴は急に愛《いと》しく思えてきたボックスを思わず胸元《むなもと》に抱《かか》えると袋ごとギュッと抱《だ》き締めた。

3

バタバタと慌《あわ》ただしかった六月のお誕生日会が一段落するやいなや、保育園では来月末に控《ひか》えている大イベントに向けて早くも動き出していた。

年に二回行われる『お楽しみ会』である。

広大な敷地《しきち》内に建てられた多目的ホールで開催《かいさい》されるこのイベントは、園児も保護者も毎回楽しみにしているものとあって、職員側としても気合いを入れて取り組まなければならない。

園児たちのお遊戯《ゆうぎ》披露《ひろう》の他《ほか》に職員劇が演目に組み込まれており、子どもたちのお稽古《けいこ》と平行して勤務後は職員劇の練習をしなければならないので、言い渡《わた》されたこれから二ヶ月近くのスケジュールは初参加の麻貴には結構厳しいものだった。

しかも、この劇の主役は毎年その年の新人が務めるという決まりになっているというのだから、ただでさえ初めてずくめでアタフタしている麻貴はもういっぱいいっぱいだ。

今年唯一《ゆいいつ》の新人がそれを聞かされたのは、お楽しみ会まであと一月《ひとつき》半ばかりに迫《せま》った梅雨入り間近の青空広がるとある日だった。

爽《さわ》やかな朝の職員玄関《げんかん》——。

「おはよう、麻貴くん」

今朝も絢爛豪華《けんらんごうか》な大量の花をバックに散らしまくって登場した那智に、

「はい。これ台本ね」

うっかり見惚《みと》れてしまう華《はな》やかな美笑で手渡《てわた》されたのは、一冊の冊子である。

「あの…これは……？」

なぜだか表紙を捲《めく》って差し出されたそれを見た麻貴は、一瞬《いっしゅん》どういう反応をしていいのか戸惑った。目を擦《こす》ってジッと凝視《ぎょうし》しても、キャスト欄《らん》の一番上に大きく書いてある名前は明らかに自分のものだったからだ。ペラペラと捲って、主役の台詞《せりふ》すべてが丁寧《ていねい》に蛍光《けいこう》ピンクで塗《ぬ》りつぶされているのを見て軽い眩暈《めまい》に襲《おそ》われる。白に比べて目に痛い蛍光ピンクの割合が圧倒《あっとう》的に多い冊子からゆるゆる顔を上げて、麻貴は縋《すが》るような思いで那智を見やった。だが。

「決定だから、ね」

そう笑顔《えがお》できっぱりと言うと、後方からやって来る湊を見つけた彼は「じゃあ、がんばろうね」と、ポンと麻貴の肩《かた》を叩《たた》いてさっさと行ってしまったのである。

茫然《ぼうぜん》と立ち尽《つ》くす麻貴。ちなみに今年の演目は、一体いつ誰が決めたのか『白雪姫《しらゆきひめ》』である。

そして、そんな出来事があったその日の勤務後の調理室――。

「――…もっと、他になかったんですかね。演じるのは男ばっかりなのに、よりによって『白雪姫』って……女装しろってことですか」

つくづく変わった保育園だと、麻貴は湯気の立つカップを片手に今朝渡されたばかりの台本をぺらぺらと繰《く》りながら、改めてその台詞の多さにげんなりして深々と溜《た》め息をつくのだった。

「まあ、保護者もそれを楽しみにしているところがあるからな」

職員劇には参加しないはずの鷹邑が、一応職員全員に配布された台本のキャスト欄を眇めた目で眺《なが》めながら、ぼそっと呟《つぶや》く。

一日の仕事を終え帰り支度《じたく》まで済ませたその後に、麻貴がここにやって来たのには訳がある。それは再び時間を遡《さかのぼ》って、今朝の職員玄関前廊下《ろうか》での事だ。

那智から台本を受け取ったすぐ後、すっかり気の抜《ぬ》けてしまった麻貴は、そこでバッタリと偶然《ぐうぜん》通りかかった鷹邑と出会ってしまったのである。

こんなところで彼に会うとはまったく予期していなかったので、びっくりした頭が一瞬真っ白になる。普段《ふだん》、麻貴は勤務前のこの時間にすでに調理室にいる彼と顔を合わせることは滅多《めった》にない。だから、ほとんど初めてと言っていいシチュエーションにひどく焦《あせ》り、まず何をすべきか咄嗟《とっさ》に思い出せなくて口ばかりが酸欠の金魚のようにパクパクと動く。

「おっ、おは、おはようございますっ」

そうしてようやく飛び出した、初めて交わす会釈《えしゃく》だけでない自発的な挨拶《あいさつ》は、笑えるほど引っくり返ったものだった。

驚《おどろ》いたように軽く目を瞠《みは》る鷹邑。麻貴は自分の顔が見る間にカッと熱くなるのがわかって思わずピカピカに磨《みが》かれた床《ゆか》を睨《にら》みつける。

すると、一拍置《いっぱく》いて頭上から返事が返ってきた。

「おはよう」

顔を跳《は》ね上げると、いつもの仏頂面《ぶっちょうづら》はそこになく、きつめの目元を和《なご》ませた鷹邑が麻貴を優しげな眼差しで見詰《みつ》めている。

「お、おはようございます」

ホッとすると肩の力が抜けて自然と笑顔が浮《う》かんだ。同時に胸が小さな音を立てて弾み出す。

「職員劇の台本が出来たのか」

ふと麻貴の手元に視線を落とした鷹邑が呟いた。

「え？　あ、はい。俺、新人だから、今年の主役だって言われて。台本見てびっくりしたんですけど。まさか、こんなにセリフが多いなんて。俺、劇なんて、学祭の時は大道具だったし、幼稚園《ようちえん》の時だって名前のないセリフ一つか二つの役しかやったことなくて……」

言われて職員劇のことを思い出した麻貴は、自分の過去を顧《かえり》みてついつい不安口調になる。

「お楽しみ会の職員劇は、ある意味目玉だからな。練習も理事長の知り合いの舞台監督《ぶたいかんとく》が来て見てくれるんだ」

「そんな本格的にやるんですか？」

更《さら》に不安を煽《あお》られて、麻貴は今すぐにでも台本を放《ほう》り投げて逃亡《とうぼう》してしまいたい気分だ。

「まあ、それは本番一週間前くらいからだろうけど。それまでにある程度は仕上げておかないといけないから、来月に入ったらすぐに全体練習が始まるだろうな。今月中にセリフを頭に入れておかないと間に合わないぞ」

「そんな…っ。俺、暗記得意じゃないのに……」

「何回も繰り返し読んで叩き込むしかないな」

薄《うす》い冊子が突然《とつぜん》ズンッと岩のように重く感じられて、右肩《みぎかた》がガクリと下がった。

「一人で、これを……？」

「――付き合おうか」

そこに唐突《とうとつ》に言われた言葉に、麻貴は一瞬きょとんとなる。意味がわからなくてぽかんとした麻貴を見下ろし鷹邑は至極真面目《しごくまじめ》な顔でこう続けたのだった。

「一人でやるよりは、相手がいた方が流れも摑《つか》める し覚えやすいだろう。仕事が終わったら、調理室に来るか？」

訊《き》かれて思わずコクリと頷《うなず》いてしまったのは、ほとんど反射的なものだ。

そういう経緯《けいい》があって、麻貴は今厨房《ちゅうぼう》手前の事務室で鷹邑と二人、テーブルで向かい合って台本を広げているのだった。

誰でも知っているストーリーは、アレンジが利《き》いてコメディ風の面白《おもしろ》いものに仕上がっていて、これなら保護者も子どもたちも皆《みな》が楽しめそうだ。ざっと一度通して読んでみて、どういう展開になっているのかを確認《かくにん》した後、とりあえず一息入れようと、鷹邑がカフェオレを淹《い》れてくれる。

何も言ってないのにもかかわらず、以前一度コーヒーを飲むところを見ていたからと言う彼は、ブラックでは飲めない麻貴の分を思わず顔がほころぶほど好みぴったりに調整して出してくれたのだ。そのさりげない気遣《きづか》いがひどく嬉《うれ》しい。麻貴の好みを鷹邑が記憶《きおく》してくれていたというだけで胸がふわんふわんと舞《ま》い上がる。

ミルクブラウンの表面にふうと息を吹《ふ》きかけながら、ふと、不思議だなと思う。

あれほど苦手意識の強かった相手と、今はこうして二人きりで和やかにお茶をしているのだから。ほんの少しの緊張感《きんちょう》はあるけれど、それは身震《みぶる》いするようなものではなく、胸がほっこりと温かくなるような心地《ここち》よいものだ。

誤解や思い込みが積み重なって勝手に自分の中に作り上げた彼のイメージは、いつのまにかうっすらと輪郭《りんかく》がぼやけ、曖昧《あいまい》になっていた。何か一つでも彼の言葉を聞いたり仕草を目にするたびに、頭の中で小さなズレが生じ、しっくりこない古いラインが薄れて新たに修正が加えられていく。

できる限り接触《せっしょく》は最小限に抑《おさ》えたかった相手を、もっと知りたいと思うようになるなんて、ひとの感情というのはつくづくわからないものだと思う。何がきっかけで引っくり返るか本人ですらまったく予測がつかない。

ブラックコーヒーを啜《すす》ってその逞《たくま》しい喉仏《のどぼとけ》が上下する様子を向かい側から盗《ぬす》み見ながら、麻貴は会話を探して思い出したように言った。

「この前の、アップルパイ。すごくおいしかったです。ごちそうさまでした」

何とはなしに眺めていた台本から視線を上げて、鷹邑が「そうか」と目元を細める。

「実は、ちょうど久しぶりに食べたいなって思ってたんですよね。だから、鷹邑さんからアップルパイをもらって、すごい偶然だなってちょっと驚きました」

「……まあ、偶然じゃないんだけどな」

「え？」

訊き返すと、鷹邑はひどく言いにくそうに明かした。

「望に訊いたんだ。あいつも甘いものには目がないからな。休みには二人でよく食べ歩きに出かけるんだろう？　だから望なら蓮宮の好みを知ってるかと思って、な。そしたらあいつが、蓮宮がアップルパイが食べたいってぼやいてたって言うから——作ってみたんだよ」

「望さんから……？」

特に深い意味はなかったのだけれど、思わず漏《も》れてしまった不思議そうな声音《こわね》に、鷹邑が軽く片目を眇《すが》めてみせる。そして、「知らないのか」とひとりごちた。

「望とはイトコ同士なんだ。母親同士が姉妹で仲がいいから、俺たちも小さい頃《ころ》から兄弟みたいに育ったんだ。働き出してからは一人暮らしを始めたけれど、専門学校に通ってる時期はあいつの実家にお世話になったし、今も時々は顔を出して一緒《いっしょ》に食事をしたりする」

「そうだったんですか？」

初耳な情報に麻貴は目を丸くした。

そして、鷹邑がわざわざ望に探《さぐ》りを入れてまで麻貴の好みを知ろうとしてくれた事実が心に喜びの悲鳴を上げさせる。自分は一体どうしてしまったのだろうと心配になるほど、なんだか無性《むしょう》に嬉しくて、胸がドキドキする。

「蓮宮は——この近くに一人暮らしだったか」

「え？　あ、はい。そうです。大学時代からそのまま同じアパートに」

「食事はどうしてるんだ？」

「食事……ですか。えーっと……」

問われて、一瞬返事に詰《つ》まる。

「コンビニ頼《だよ》りか」

麻貴の反応で素早《すばや》く察したのか、鷹邑が溜《た》め息混じりにその通り言い当てる。麻貴は観念してこくんと頷いた。上目遣《うわめづか》いに様子を窺《うかが》いながらぽつぽつと偏《かたよ》った食生活を教えると、だんだん鷹邑の眉《まゆ》が寄っていくのがわかる。

「朝は抜くことが多い、昼は…まあ、給食があるとして。夜はレトルト食品やカップ麺《めん》？……そのうち身体《からだ》を壊《こわ》すぞ」

「ここの給食豪華《ごうか》だし、栄養はそこで摂《と》れるかと…」

語尾《ごび》を濁《にご》す麻貴に、あれは一食分の栄養計算だと呆《あき》れ返った鷹邑が聞こえよがしの溜め息をつく。

「保育士の仕事は体力勝負だ。身体が資本だろう。蓮宮はもっと食べて肉をつけろ」

「俺、別に少食じゃないですよ。痩《や》せ気味でもないし」

唇《くちびる》を尖《とが》らせると、きっぱりと「全体的に細すぎる」と言われて軽く傷ついた。

好きで細いわけではないのだ。筋肉の付きにくい体質なのだろう、毎日子どもを抱《かか》えている腕《うで》はそれなりに力はあるし、だからこそ子どもたちの無邪気《むじゃき》な突進《とっしん》を受け止めもできる。しかし、見た目だけでいうとどうしても華奢《きゃしゃ》な部類に入れられてしまうのだった。ましてや、スープの入った重たい寸胴鍋《ずんどうなべ》を軽々と運んでしまう鷹邑の逞しい腕と比べたら、麻貴の腕なんか枯《か》れ枝のようなものだ。とはいえ、もともとの体形からしてかなりの差があるので、彼と張り合おうという気はさらさらないのだが、そうはっきりと言われるとやはりちょっとは悔《くや》しい。

黙《だま》り込んでしまった麻貴に、鷹邑は更に問いかける。

「弁当の日はどうしているんだ？」

毎週水曜日のお弁当の日は、園児も職員も各自昼食持参のシステムになっているのだ。

「弁当の日ですか？　水曜日は…いつも園に来る前に、コンビニに寄って…」

半分自棄《やけ》気味の口調に、先が読めたのか話の途中《とちゆう》で鷹邑が溜め息で遮《さえぎ》った。わかっていたことだが、食に厳しい調理師の彼からしてみれば麻貴の偏った食生活は聞くに堪《た》えないものだったらしい。おとなしく口を噤《つぐ》む。

それから鷹邑は少し考える素振《そぶ》りを見せて、唐突にこう切り出した。

「今度から水曜は、コンビニに寄らなくていいぞ」

「え？」

「俺が弁当を作ってやる」

危《あや》うく、手からマグカップが滑《すべ》り落ちそうになって焦《あせ》る。慌《あわ》てて持ち直して、麻貴は目をしばたたかせた。

「え、でも…」

「どうせ自分の分を作るついでだ」

そう先手を打たれれば麻貴は押し黙るしかなくて、思わず手元のカップを覗《のぞ》き込む。

ちらと上目遣いに窺った彼は、弁当の中身でも考えているのだろうか、ミルク色のカフェテーブルに片頬杖《かたほおづえ》をつき何やら思案に暮れていた。

ズレは、ふとした瞬間《しゅんかん》に見つかる。

麻貴が一方的に、他人のことにあまり関心はないのだろうと思い込んでいた鷹邑は、実は新南に負けず劣《おと》らず結構面倒見《めんどうみ》がいいのかもしれない。

淡々《たんたん》とした物言いの中にも、麻貴の健康状態を心配する優《やさ》しさが垣間見《かいまみ》えて、それに気づいてしまうとどうしようもなく顔がにやけてしまってしょうがなかった。

程《ほど》よく冷めたカフェオレの表面に、緊張感のまったくない弛《ゆる》んだ顔が映っていた。

✤

✤

✤

その週の水曜日の昼休憩《きゅうけい》。職員休憩室に漂《ただよ》う雰囲気《ふんいき》は、いつもの和《なご》やかなものとは少し違《ちが》っていた。

やはりその日も窓際《まどぎわ》の指定席で昼食をとっていた麻貴だったのだが――。

「いい加減、その視線やめてもらえませんか」

食べ始めた直後から、横から鬱陶《うっとう》しいほどに視線を据《す》えられていたのは気づいていたのだ。

その理由もわかっていたけれど、かといって訊《き》かれてもいないのに自らあれこれ切り出すのもおかしい。

だがこの監視《かんし》状態の中、平然と食事をし続けるのもそろそろ限界だ。

「そうやって見られてると、ものすごーく食べづらいんですけど」

麻貴が横目に睨《にら》みつけると、湊がふるふると力なく首を振《ふ》って唸《うな》るように言った。

「…麻貴ちゃん、お弁当なんだけど」

「そうですね。水曜日ですから」

「…麻貴ちゃん、いつものコンビニおにぎりじゃないよ」

「湊先生は、今日は焼きそばですね。先週はラーメンでしたっけ」

園自体は金持ちの理事長の意向で見事なまでの豪華っぷりだが、そこで働く職員の身の上は様々だ。麻貴のような一般人《いっぱん》もいれば、セレブもちらほらいるらしい。

湊は麻貴よりは当然経済的にも余裕《よゆう》があるはずなのだが、『集めて送って当てよう』という非売品フィギュア欲しさにバーコードを集めるため、先週からカップ麺を食べ続けているのだ。

理事長の方針で保護者の前では完璧《かんぺき》に猫《ねこ》を被《かぶ》っている彼も、職員以外立ち入り禁止の休憩室では結構気を抜《ぬ》いている。華《はな》やかな容姿に似合わず意外にも子どもっぽい趣味《しゅみ》は、麻貴には親しみを覚えるところだ。身内ばかりの空間で垣間見える彼らの本性《ほんしょう》をこうやって徐々《じょじょ》に知っていくのは嬉《うれ》しいし、楽しみでもある。

塩焼きそばにまだほとんど手をつけていない状態で食事を中断していた湊は、次の瞬間、ポロリと割り箸《ばし》を取り落とした。

「…ダメだ。麻貴ちゃんに、なっちゃんの厭味《いやみ》ったらしさが感染《うつ》った」

湊が嘆《なげ》いた途端《とたん》、横長のテーブルの向かい側でグサッと不穏《ふおん》な音が鳴る。顔を伏《ふ》せた那智の手元では、テイクアウト用の洒落《しやれ》たランチボックスの中でジューシーなミートボールがフォークで一突《ひとつ》きにされていた。

一瞬《いつしゅん》しんと静まり返った直後、那智の隣《となり》から「湊先生、ダメじゃないですか」と、場違《ばちが》いなほどにマイペースな声が割って入る。

「愛妻弁当ですよ、それ。マッキーだって誰にも邪魔《じやま》されず一人でじっくりと楽しみたいでしょ」

「――っ⁉」

さらっと言われた聞き捨てならないセリフに、麻貴と湊はギョッとして発言者を凝視《ぎようし》した。

二人の視線を集めた篤弘は、憎《にく》たらしいほどに爽《さわ》やかな笑顔《えがお》を浮《う》かべてみせる。

湊がギギッと音がしそうなぎこちなさで首を戻《もど》し、さっそく麻貴を問い詰めた。

「愛妻弁当⁉　麻貴ちゃん、いつのまにそんな女の子をっ⁉」

「し、知りませんよ！　ち、違いますよ？　これは鷹邑さんに作ってもらったもので…」

つられて思わず暴露《ばくろ》してしまってからハッと気づく。だが、覆水盆《ふくすいぼん》に返らずとは正にこのことで、

「あああっ、やっぱり！　聞きたくなかったああ‼　麻貴ちゃんの口からその名前‼」

隣で湊がムンクの『叫《さけ》び』よろしく頬を両の手で挟《はさ》んで大仰《おおぎよう》に叫んだ。一方、向かい側では

那智と篤弘が何を今更《いまさら》というような顔で、二人お揃《そろ》いのランチ弁当を突《つつ》いている。

「ちょ…っ、べ、別におかしいことはないでしょ。一人暮らしの俺の食生活がなってないって、鷹邑さんが自分の分を作るついでに俺のも作ってくれることになったんですよ」

「俺だって寂《さび》しい一人暮らしだっつの」

「知りませんよ。じゃあ、湊先生も鷹邑さんに話してみたらいいじゃないですか」

「無駄《むだ》だと思うけど」

「前に俺、同じような事を言った湊先生が、鷹邑さんから生の人参《にんじん》と大根が一本ずつ入った鍋《なべ》を渡《わた》されて追い返されたところを目撃《もくげき》したんですよね。あれ、結局食べたんですか？」

那智と篤弘の横槍《よこやり》に、湊がくぅっと悔しそうに自分の目元を押さえてみせる。

「麻貴ちゃんが一人暮らしなのをいいことにつけ込みやがって」

「変なこと言わないで下さい。親切心です」

「親切心…？」

「あっ」

突然《とつぜん》、湊の手が伸《の》びたかと思うと、ランチバッグを引ったくるようにして引っくり返した。

「…親切、ねぇ」

空のはずの中からコロンと飛び出してきたのは、ピンク色の包みのキャンディ、三粒《つぶ》だ。

「うわっ」

麻貴はテーブルに飛び散ったキャンディを慌てて掻《か》き集める。

今朝、ロッカールームで約束通り鷹邑から受け取ったバッグの中にまさかそんなものが一緒《いっしょ》に入っていようとは、麻貴だってまったく考えもしなかったのだ。気がついたのは、休憩に入ってランチボックスをバッグから取り出した時。奥にそっと忍《しの》び込ませてあったそれらが、自分の大好きないちごみるくキャンディだと知って、麻貴は思わずにやけ顔になるところを先輩《せんぱい》たちの手前必死に堪えて平静を装《よそお》っていたのである。

あとでこっそりと、堪能《たんのう》しようと思っていたのに――。

「…ヤラしすぎる」

「ああっ、返してくださいよ！」

「しかもこれ、この辺じゃアイツが使ってる高級スーパーでしか売ってないメーカーだろ。厭味なヤツ」

麻貴より先にひょいと一粒摘《つま》み上げた湊が、なぜかぴたりとキャンディのメーカーを言い当てて顔をしかめる。

「羨《うらや》ましいね、麻貴くん。鷹邑シェフの愛妻弁当、いちごみるく添《ぞ》え」

「しかもキャンディまでそこら辺のコンビニじゃ売ってない、鷹邑さん御用達《ごようたし》のスーパーのものですよ。鷹邑さん、あんな高級スーパー使ってたんですね」

「あのスーパーは値段は高いけど品揃《しなぞろ》えが豊富だからね。珍《めずら》しい食材も置いてるし」

「なるほど。食にうるさい調理師さんには便利ってわけだ。それにしても、湊先生って、鷹邑さんのことをよく知ってるんですねぇ」

那智と話していた篤弘が、ふと感心したように言った。湊のこめかみが嫌《いや》そうにひくつく。

「あっくん、変な言い方しないでくれる？　たまたま！　偶然《ぐうぜん》スーパーに入ってくとこを見かけたの！　知りたくて知ったわけじゃないっつの」

「本当は仲良しなんじゃないですか。同期なんですから」

どさくさに紛《まぎ》れてキャンディを取り返すことに成功して、麻貴はついでとばかりに仕返しする。案の定、湊は端整《たんせい》な顔が台無しになるほどに歪《ゆが》めてみせた。

「あのねぇ…。麻貴ちゃんの事だったらスリーサイズからお風呂《ふろ》に入って洗う順番まで、むしろ一緒に入って、詳《くわ》しく知りたいんだけどね。何が悲しくて、あんな俺よりデカいムッツリ男のプライベートなんか探《さぐ》らなきゃなんないの。同じムッツリなら俺は間違《まちが》いなくなっちゃんの方に…」

「お断りします」

言い終わる前に、うっすらと冷笑《れいしょう》を浮かべた那智がぴしゃりと拒絶《きょぜつ》する。あまりの早さに湊が一瞬押し黙《だま》り、「だから、例えばの話でしょうが」と力なく呟《つぶや》いてガクリと項垂《うなだ》れた。

気を取り直すように冷たい緑茶を一気に飲み干して、そしてふと彼は真面目《まじめ》な顔をする。

「しっかし。弁当にプラスアルファで、俺の麻貴ちゃんに餌《えづ》付けを仕掛《しか》けてこようとは」

「俺の、って何ですか。別に餌付けもされてませんよ」

「アイツが三つならこっちは四つだ。よし、おニイさんはチョコをあげよう。チョコも好きでしょ、麻貴ちゃん」

またもやいつかのように魔法《まほう》のごとくパッとポケットからチョコレートの包みを四粒取り出すと、湊はそれを麻貴の手にぎゅっと握《にぎ》らせてきた。そしてニッコリと笑い、

「だから俺をご主人様にしなさい」

「…何を言ってるんですか」

「鷹邑に何て言われて騙《だま》されたんだ？　『おまえの弁当は、一生俺が作ってやる』——とかなんとか言ったのかあのヤロー」

「言ってません！　しかも全然似てませんよっ」

麻貴の手をしっかりと握って放《はな》さない湊と攻防《こうぼう》戦を繰《く》り広げていると、ふと思い出したように那智が口を挟んでくる。

「そういえば、昨日——。仕事終わりの調理室で、二人の怪《あや》しい現場を目撃したんだけど」

さらりとした何気ない物言いに、だがしかし、麻貴はビクッと過剰《かじょう》に反応してしまった。その手を握っていた湊が、まさかと、信じられないものでも見るような顔で麻貴を見詰《みつ》める。

「無理やり連れ込まれて…」

「違いますよ！　自分から行ったんです」

「へえ、マッキーって意外と大胆《だいたん》」

「篤弘先生、何を勘違《かんちが》いしてるんですか！　違います。そうじゃなくって、鷹邑さんには、劇の台本読みの相手をしてもらっていただけですよ」

墓穴《ぼけつ》を掘《ほ》ったと気づいたのは、那智が「まだ何も言ってないのに」と、くすりと笑った時だ

った。

「もういっそ、王子役は鷹邑さんに変更《へんこう》すればいいと思うんだけど」

アボカドと小エビのサンドイッチを齧《かじ》りながらそんなことを言い出す那智に、湊が慌《あわ》てて待て待てとストップをかける。

「ここに本物の王子がいるっていうのに、何勝手なこと言ってんの」

「劇の王子役は、せめて白雪姫が決められたらよかったのにね。麻貴くん、かわいそう」

そんなふうに心底憐《あわ》れむような眼差《まなざ》しを向けられると、なんだか麻貴まで自分が本当に可哀相《かわいそう》な人間に思えてくる。

「園の公式ホームページでお母さま方の投票なんかで決めるから、こんなティッシュペーパーより軽い王子になっちゃうんだよ」

那智は、細かい刺繍《ししゅう》の施《ほどこ》された花柄《はながら》のカバーが掛《か》けられたティッシュボックスをすーっと引き寄せると、引き抜《ぬ》いた二枚組みのペーパーをわざわざ分解し、

「理事長も、まったく何を考えてるんだか」

そして、両手でそれぞれをクシャッと握り潰《つぶ》すと、何がしたかったのかダストボックスにまとめてポーンと放《ほう》り捨てた。

「お前…。本人を目の前にして、言いたい放題だな」

コロコロ…と、思いっきり的を外して床《ゆか》に転がったティッシュ球を眺《なが》めて、湊がぼやきながら溜《た》め息をつく。

「俺、入園パーティーの時に会って以来なんですけど。理事長ってすごく若いですよね。しかもカッコいいし」

入園パーティーとは、『さくらおか』の園風がよくわかる一年度で一番最初に行われる大規模なセレモニーである。

毎年のことながら、入園希望者数が定員オーバーになると平等に抽籤《ちゅうせん》が行われるのだが、めでたく入園が決定した子にはやがて理事長から入園パーティーへの招待状が届くのだという。それを持って、新入園児は保護者と一緒に入園式を兼《か》ねたこのパーティーに出席するのだ。

そこに正装姿で颯爽《さっそう》と現れた佐久良《さくら》理事長は、さすがこの園のトップというべく、ファッション誌から抜け出してきたような完璧《かんぺき》なルックスの持ち主だった。

モデル界や芸能界でも、これほどの男には滅多《めった》にお目にかかれないだろう。

そこだけ別世界のように光り輝《かがや》いて見える彼は、その立ち居振《ふ》る舞《ま》いも洗練された紳士《しんし》だった。誰もが振り返る美貌《びぼう》を鼻にかけることなく、物腰柔《ものごしやわ》らかな態度で保護者や子どもたちを祝福しながら広い会場内を歩く姿は、すぐに麻貴の憧《あこが》れの対象となった。

とても保育園の入園式とは思えない華《はな》やかさに完全に気後《きおく》れしてしまっている新人に、優《やさ》しく声をかけ緊張《きんちょう》を和《やわ》らげてくれたのも彼だ。

「ここには滅多に顔を出さないけど、お母さま方の中には理事長のファンクラブがちゃんとあるらしいから。一番人気だとかいう噂《うわさ》もあるくらいだよ。実際、そうなんだろうけど。でもまあ、僕たちからすれば…」

そこで一度切り、那智はふうと息をつく。そして、一言。

「――大金持ちの変わり者」

「ほーんと、謎《なぞ》多き人ですよねぇ。職員劇を含《ふく》めここの運営自体、理事長の趣味《しゅみ》って噂でしょ」

篤弘がうんうんと頷《うなず》いて同意する。

「今年の『白雪姫』だって、みんなで新年の挨拶《あいさつ》に理事長の豪邸《ごうてい》を訪ねた時から、もうすでに決定してたじゃないですか」

「衣装《いしょう》もイメージ画ができてたよね」

「そうそう。新人の挨拶で初対面を果たした瞬間《しゅんかん》、俺にはすぐにアレを着た麻貴ちゃんがイメージできたね。理事長もなかなか趣味がいい」

「今年の採用面接は僕が受付をしてたんだけどね。今年の志望者の中では、かわいさで言ったら麻貴くんがダントツだったから」

「かわいい白雪姫でよかったですよ。ゴツイお姫様なんて嫌ですから」

「…俺が採用された理由って、もしかしてそれなんですか…？」

先輩《せんぱい》の口から次々明かされる裏事情を聞いてしまった麻貴は、嫌な予感がしてきゅっと眉根《まゆね》を寄せた。

どうりでおかしいと思ったのだ。子どもに好かれるという特技以外、何の取り柄《え》もない自分がこの保育園で採用された理由――…それはつまり、女装が似合う体形という基準で選ばれたということか。

思い起こせば、すれ違《ちが》う面接希望者にはやたらと容姿の整った者が多かった。その中でなぜ彼らではなく麻貴が採用されたのかといったら、やはりこの童顔と華奢《きゃしゃ》な体形、という点で目に留まったとしか思い当たる節がない。運良く『白雪姫』という演目の年に当たったことを、素《す》直《なお》に喜んでいいものか悩《なや》むところだ。

さくらおか保育園への就職を希望する保育士はたくさんいて、おそらく何らかの理由で職員枠《わく》が空けば、今の職場を辞《や》めてでもチャレンジしたいと言う者が殺到《さっとう》するだろう。そういう職場に麻貴はいるのだ。理事長の判断はどうあれ、自分は保育士になりたくて、幸運にもそのチャンスを摑《つか》んでモノにしたのである。しかも第一希望の就職先に決まったのだから、今更《いまさら》細かい事を気にするつもりはないのだけれど——。

「なにを一人で暗くなってるの、麻貴くん」

ハッと思考から覚めて顔を上げると、正面から那智が興味深そうに麻貴を眺めていた。

「別に、暗くなってなんか…」

「いくらあの人でも、それだけで採用を決めたりしないと思うけど？——落ち込んだ？」

「……」

濃厚《のうこう》な香《かお》りを漂《ただよ》わせる薔薇《ばら》の花のように嫣然《えんぜん》と微笑《ほほえ》む彼は、そのしなやかな肢体《したい》には透明《とうめい》なトゲのローブを纏《まと》っているのかもしれない。

麻貴は小さく嘆息《たんそく》する。

すると美笑をふっと引いた那智が、「これは真面目な話だけど」と切り出した。

「麻貴くんの雰囲気《ふんいき》はね、子どもにすごく好かれやすいと思うんだ。思い出してみて？　親と離《はな》れた子どもたちが、初めて顔を合わせる麻貴くんと同じ部屋にいて急に泣き出しちゃうような事は、一度もなかったでしょう」

「そういえば…」

麻貴は記憶《きおく》をめぐらせて、そういう事はなかったように思う。比較《ひかく》的早く子どもたちには懐《なつ》いてもらえて、ホッとした覚えはあるけれど。

「ここは理事長の趣味だか何だか知らないけど、先生が男ばかりの保育園だから、最初は馴染《なじ》めない子も結構いるんだよね。やっぱり、女の先生の方が親しみやすいようで、男性保育士は馴《な》れるまでに時間がかかるみたい。そういう場所だから、新顔がやって来ると、見ただけで泣き出しちゃう子が毎年数人は出るんだけど」

「俺なんか、ちょっと近付いただけで泣き声の大合唱で、馴れてもらえるまで苦労しましたよ」

「俺も大変だったなぁ。なっちゃんでさえ、苦労してたもんな。最終的には女装まで……」

「そう！　僕も苦労したんだよ、麻貴くん」

突然《とつぜん》声を張った那智に、内心びっくりしながら麻貴は心底不思議そうに首を傾《かし》げた。

「え？　那智先生を見て泣く子なんていたんですか？」

見た目だけで判断するなら、湊や篤弘はいくら女受けがいいといっても子ども相手には通用しないかもしれないけれど、那智の容姿でそれは意外だった。

那智は苦笑《くしょう》しながら軽く肩《かた》を竦《すく》めてみせる。

「見た目も全然関係ないとは言えないけど、やっぱり子どもにとって重要なのはその人の持つ雰囲気なんじゃないかな。麻貴くんの持っている雰囲気は、ほんわかしてて、子どもが安心する部類なんだと思うよ」

「俺も大好きよ。安心する、麻貴ちゃんの抱《だ》き心地《ごこち》」

途端《とたん》、無防備な脇《わき》の下からするりと手が滑《すべ》り込んできたかと思うと、湊がぎゅっと抱きついてきた。

「うーん、この腕《うで》にすっぽりおさまる感じがたまらない」

「ちょっと離れてくださいっ！　抱き心地なんて、那智先生だってほとんど変わらないですよ」

「えー…、俺はツンとおすましお猫《ねこ》様より、きゃんきゃんおてんばワンコの方が好みだからなぁ。あっちは性格もひねくれてるし、やっぱり素直が一番……ぅブッ」

言い終わらないうちにすぐ間近でガコンッと不吉《ふきつ》な音がしたかと思うと、湊が顎《あご》を突《つ》き出して大きく仰《の》け反った。真正面から一直線に飛んできたティッシュボックスが、麻貴には掠《かす》めもせず見事に湊の額だけを撃《う》って、なお余る勢いで背後の壁《かべ》に弾《はじ》き返される。最後は床に落ちると、ゴロンと虚《むな》しくひっくり返った。

抜群《ばつぐん》のコントロールを見せつけた那智は、何もなかったかのようにいつもの美笑を浮《う》かべて麻貴に向き直る。

「……。あの、湊先生？」

「だからね、麻貴くん」

「は、はいっ」

「今年の新人は、〝スゴイ〟って、みんなで話してたんだよ」

少しトーンを落とした柔《やわ》らかな声に、麻貴は大きな瞳《ひとみ》をぱちくりとさせた。

「理事長もそういうところを見抜《みぬ》いて、麻貴くんを採用したんだと思う。そういう意味では、あの人には感謝しないとね。今年は覚悟《かくご》していた事態が起きなかったから、例年になく楽だったし」

「え…でも、たまたまってこともあるし…」

「子どもはそういうトコ、大人《おとな》が嫌《いや》になるくらい正直だよ。知ってるでしょう？」

微笑まれて、麻貴は一体どんな顔をしていいのかわからない。

「今年の新人さんは、素直で一生懸命《けんめい》で、かわいい笑顔《えがお》に癒《いや》されるって評判だよ。もちろん、僕たち仲間内だけじゃなく、お母さま方からも、ね」

「――…」

思わぬ賛辞に麻貴は大きく目を瞠《みは》った。時間差で、じわりじわりと胸の底からくすぐったい嬉《うれ》しさがこみ上げてくる。照れ臭《くさ》さを誤魔化《ごまか》しきれず目元がカアッと熱を帯び、堪《こら》えきれないものが溢《あふ》れ出すようにして気づけば思わず破顔していた。

「ああぁっ、反則でしょその顔はっ！」

いつの間にか復活した湊が、隣《となり》から声を上げて麻貴の顔を指差した。なぜか麻貴がわざわざテーブルの端《はし》に避難《ひなん》させておいたキャンディを一つ持っていて、頭を抱《かか》えながら手の中のそれを憎々《にくにく》しそうにぎゅっと握《にぎ》り締《し》める。

「いつの間に取ったんですか…。もう、返してくださいよ」

「麻貴ちゃん、さっきの顔！　あの男には絶対見せちゃダメだよ」

「は？」

「思った以上に無防備だからなぁ。心配だなぁ」

湊はわけのわからない事を言いながら、不審《ふしん》げに眉《まゆ》をひそめる麻貴の肩に肘《ひじ》を載《の》せ、こちらには確認できない位置で何やらカサカサとし出す。

「この高級感漂う和紙の包みが、俺に喧嘩《けんか》を売っている」

「何言って…ちょっと、湊先生？」

嫌な予感がすると思ったその一秒後。

ボリッ、と。麻貴は自分の頭上でキャンディが噛《か》み砕《くだ》かれる音を聞く羽目になるのだった。

そんな昼休憩《きゅうけい》を過ごした日も、終業後の調理室では相変わらず二人きりでの台本読み稽古《げいこ》が行われていた。

「そういえば、主役以外のキャストはホームページの投票で決まるんですね」

一ページ目のキャスト欄《らん》を眺《なが》めながら、麻貴は休憩室での会話を思い出す。

一瞬何の話か理解できなかった鷹邑が、麻貴の手元を見やって、ああと頷《うなず》いた。

「管理しているのが理事長だからな。毎年五月の初め頃《ころ》に、あらかじめ決まっている演目を発表して、役の一部のキャスティング投票を行うんだよ。今回は王子と継母《ままはは》…だったか？　あとは理事長の独断だろう。俺たちはそこに一切関与《いっさいかんよ》してないし、決定したら理事長から送られてくる台本と一緒《いっしょ》にこうやって発表されて、そこで初めて知るんだ」

「そんな仕組みになってたんですね…」

それでは台本を渡《わた》されたあの朝、背後で湊の叫《さけ》び声が聞こえたような気がしたのは幻聴《げんちょう》ではなかったわけだ。

「というか、台本って那智先生が作ったんじゃなかったんだ…。まさか理事長自ら？」

ひとりごちる麻貴の中で、美貌《びぼう》の紳士《しんし》の謎《なぞ》がますます深まる。

「保護者の人気投票で配役を決定するのも問題があるな」

一方隣では、鷹邑が台本を睨《にら》みつけながら小さく舌打ちをしたところだった。調理師の彼は本番までは舞台《ぶたい》装置の方で手伝いに入るが、劇自体に出演はしない。当日は保護者も交えてバイキング形式のティータイムがあるので、その準備と片付けに追われることになるからだ。

「王子役が…よりにもよってあのバカか」

低い声が不満げに罵《ののし》る。

同期の二人は、今までも何となくそうではないかと思っていたが、やはりお世辞にも仲が良いとは言えない間柄《あいだがら》のようだ。鷹邑と話すようになってから、ますますそう思う。この二人の関係にはむやみやたらに触《ふ》れない方がよさそうだと、その辺りは麻貴も適当に聞き流すようにしていた。

「クライマックスには、キスシーンがあるんだよな」

ふいにボソッと抑揚《よくよう》のない声が呟《つぶや》いた。麻貴は一瞬きょとんとしてちらと横目に窺《うかが》うと、鷹邑が何ともいえない顔でその問題のページをジッと見詰《みつ》めている。

「そうですね。でも、本当にするわけじゃないですから」

麻貴は笑いながら軽い調子で答えた。

毒りんごを食べて倒《たお》れた白雪姫が、通りかかった王子様のキスで目醒《めざ》めるシーンは、この劇一番の見せ場だ。おそらく大人の観客の大半はこのラストシーンを楽しみにしている、と湊が妙《みょう》に確信めいた口調で楽しげに話していた場面だが、当然ながら本番でも本当にキスをするわけではなく、そのフリをするだけである。

だから、この話題はさらっと終わらせようとしたのに、鷹邑はまだ何か複雑な顔をして紙面を眺めているのだから、横に座っている麻貴はどうしていいのかわからない。

何を、考えているのだろうか――…？

ふと気になり、だがすぐに麻貴は慌《あわ》てて思考を停止させようとした。けれども、一度気になるともう駄目《だめ》だ。頭の隅《すみ》に封印《ふういん》したはずの記憶《きおく》がどこからかポンッと現れて、止める間もなく脳裏《のうり》で勝手に再生される。

キス——…なんて言葉を、よりにもよって鷹邑が口にするから。しかも、この調理室で。

頭の中で繰《く》り返されるキスシーンの主人公は、麻貴自身だ。そして、その相手は王子役の湊ではなく、劇には無関係の鷹邑で——。

「——…っ」

途端、映像だけでなく同時に唇《くちびる》にまであの時の感触《かんしょく》が蘇《よみがえ》ってくるようで、麻貴はひどく焦《あせ》った。カッカと全身が火照《ほて》り出して、顔が火を噴《ふ》いたように熱い。

その時ふいに名前を呼ばれて、麻貴は瞬時《しゅんじ》に現実に引き戻《もど》された。直後、鷹邑とバチリと目が合い、反射的にゴクリと喉《のど》を鳴らす。

バクバクと壊《こわ》れたように騒《さわ》ぎ立てる心音をどうにかして誤魔化そうと、何でもいいから喋《しゃべ》ろうとするのだけれどどうまく声が出てこない。もう一度唇を開こうとして、だがその寸前で鷹邑に遮《さえぎ》られる。

「今日は、このシーンを練習してみるか」

「えっ？」

咄嗟《とっさ》に訊《き》き返した声がみっともなく裏返った。大きな目を更《さら》に見開いて鷹邑と宙で視線を交《か》わす。

鷹邑は何も言わない。無言のまま見詰め合い、静かな空間のどこかで時計の針が時を刻む音だけがやけにリアルに響《ひび》いている。

どれくらい経《た》っただろうか。ふいに鷹邑の右手がゆらりと動いた。

つられるようにして麻貴の肩《かた》がビクッと震《ふる》える。目の周りをセメントで流し固めたような瞬《まばた》き一つできない視界の端に、まるでスローモーションのように長い指の先が迫《せま》る。

「…っ」

さらり、と頬《ほお》を乾《かわ》いた感触が撫《な》でた。その瞬間、ゾクゾクッと背筋を甘い痺《しび》れが駆《か》け上り、急速に濃密《のうみつ》になる空気に意識がくにゃりと溶《と》けて攫《さら》われてゆく。

瞼《まぶた》を縫《ぬ》いとめていた糸が唐突《とうとつ》にふつりと切れた。そして麻貴はゆっくりと目を閉《と》ざし――。

「――っ！」

その時だった。不意打ちに左頬に軽い痛みが走って一瞬にして目が醒《さ》める。

「………」

茫然《ぼうぜん》と見開いた視界には、先ほどと同じ位置に鷹邑のポーカーフェイスが映っていた。変わっていたのは、麻貴に触れた指先がむにっと頬を摘《つま》んでいたことだ。

どうしてこんなことをされているのか訳がわからず、麻貴は大きな瞳をパチパチと瞬かせて上目遣《うわめづか》いに彼を見やる。戸惑《とまど》うように小首を傾《かし》げた。

すると、何か言いたそうな眼差《まなざ》しで見詰め返してきた鷹邑は一体何を思ったのか、

「マシュマロは好きか？」

唐突にそんなことを尋《たず》ねてきたのだった。

ますます訳がわからなくて、麻貴は戸惑いを隠《かく》せない。

「……好きです、けど…？」

「そうか。俺もだ。お前のほっぺたを見ていたら、急に食べたくなった」

「そう、なんですか…？」

やはり訳がわからないと、僅《わず》かに首を傾《かたむ》けたと同時に摘まれていた左頬が解放された。

「炙《あぶ》ったマシュマロをクラッカーに挟《はさ》むとうまいんだ。確か、今日のおやつに使ったマシュマロが残っているはずだ」

そう独り言のように言うと、鷹邑はおもむろに立ち上がった。そして、ぽかんとする麻貴を残してスタスタと一人ドアを開け広げた奥の厨房《ちゅうぼう》に消えてしまう。

間もなくして、キャビネットをあさる音が聞こえ出した。

麻貴は半ば放心状態で、広い厨房を器用に動き回る男の姿を遠目にぼんやりと眺める。

——お前が……目を、閉じるから
その時ふいに、記憶に残っていた言葉が鷹邑の声で鮮《あざ》やかに蘇った。刹那《せつな》、ドクンと胸が昂ぶって、無意識に身震《みぶる》いする。

あの時は、無防備すぎた自分も悪かったのだ。だから仕方ないと、水に流せた。

一度目は過《あやま》ちと言い聞かせ、だったら二度目はないように充分警戒心《じゅうぶんけいかいしん》を働かせていたはずだ。

学習能力が低いわけじゃない。本気で嫌《いや》なら、雰囲気《ふんいき》に流されるなんてことはまずありえない。

だとすれば、さっきの自分は——…？

「……そんなことない、そんなことない。俺は別に……違《ちが》う、そうじゃなくって」

脳のどこかで、チカチカと危険信号が点滅《てんめつ》している。

麻貴はブンブンと頭を振《ふ》って、踏《ふ》み入れてはいけない方向に脱線《だっせん》しかける思考回路を必死になって元に戻す。

厨房から漂《ただよ》う溶けたマシュマロの甘ったるい匂《にお》いに、食欲とはまた別の何かをやんわりと刺《し》激《げき》されているようで、ひどく落ち着かなかった。

4

その日、いつもより大分早めに出勤した麻貴は、普段《ふだん》なら朝のロッカールームでは顔を合わせないメンバーに大袈裟《おおげさ》なほど珍《めずら》しがられた。

昨夜《ゆうべ》はなかなか寝付《ねつ》けなかったのに、今朝は目覚ましのアラームが鳴る前にパッチリと目が覚めてしまったため時間を持て余した結果なのだが。それでも先輩方《せんぱい》には「やる気がある」と褒《ほ》められるかと思いきや、朝帰りだの何だのと予想外に下世話な詮索《せんさく》をされてしまい、着替《きが》えを済ませた頃《ころ》にはもうすでにくたくただった。

麻貴を思う存分からかって満足したらしい先輩保育士三人は、さて、今日も頑張《がんば》るぞと、一足先に部屋を出て行ってしまう。パタンとドアが閉まり、一人残された麻貴はようやくホッと息をついた。

「……疲《つか》れた。あ、髪《かみ》が…」

くしゃくしゃに掻《か》き混ぜられた髪をセットし直し、各ロッカーに取り付けられたミラーで身だしなみをチェックしてから、麻貴は部屋を出る。

その途端《とたん》、ドアを開けたはずなのになぜか壁《かべ》にぶつかってしまい軽く撥《は》ね返された。

「あ、悪い」

すぐに頭上から謝られて、ぶち当たったのが人間だと気づく。しかもそれが誰だか、麻貴には声だけでわかってしまった。筋肉質な逞《たくま》しい胸板《むないた》に弾《はじ》き返されてよろけた身体《からだ》を、素早《すばや》く背中に回された腕《うで》にしっかりと支えられながら、やっぱりと思う。

「…おはようございます。鷹邑さん」

間近で見詰《みつ》め合う恰好《かっこう》になって、僅かに目線を伏《ふ》せた。

出勤したばかりの彼は、見慣れたシェフコートではなく私服姿だ。全体的にモノトーン色で落ち着いた雰囲気にまとめていながら、さりげなく身につけたセンスのいい小物が利《き》いている、イメージ通りの鷹邑らしい恰好だった。

「おはよう。今朝は随分《ずいぶん》と早いんだな」

鷹邑が軽く目を瞠《みは》る。いつもは自分より大分遅《おそ》いはずの麻貴が先に出勤していて更に着替え終わっているのだから、驚《おどろ》くのも無理はない。

「鷹邑さんまでからかわないでくださいよ。さっきも散々からかわれたのに……。俺がこの時間に出勤するのって、そんなに珍しいですか」

「まあ、珍しいというか——…初めてだろう」

「…ですよね」

言われてみればそうだった。社会人になってから遅刻《ちこく》をした事は一度もないけれど、かといって決して時間に余裕《よゆう》を持って出勤しているわけではないのだ。毎朝の自宅での慌てぶりは、何やら妙《みょう》な理想を持っている保護者の方々にはとても見せられたものではない。そんな自分だから、それは大袈裟だろうとむくれるほどに珍しがられても仕方がないのかもしれない。

思わずしゅんとなると、頭上で微《かす》かに笑う気配がした。

「まあ、早起きは三文の得、って言うからな」

そう言って、鷹邑はおもむろにトートバッグの中身をあさり出し、麻貴に手を出すように促《うなが》してくる。

麻貴は言われるままに両手を差し出した。すると、

「わっ」

バラバラと降ってきたのは、ピンク色の雨粒《あまつぶ》――いちごみるくキャンディだ。

最後に「やる」と短い声も降ってきて、すべて受け止めた麻貴は思わず笑《え》みを零《こぼ》す。

今日は水曜日ではない。つまりお弁当の日ではないのだ。

なのに、鷹邑のバッグからは麻貴の好きなキャンディが出てきた。

それは偶々《たまたま》そこに入っていただけで、麻貴にくれたのも単なる彼の気紛《きまぐ》れなのかもしれないけれど。

「…これは、ちょっと嬉《うれ》しいかも」

コロン、と口の中で転がした飴玉《あめだま》が、舌を伝って脳へといちごとミルクの濃厚《のうこう》な味をじっくりと記憶《きおく》させていく。

最近、麻貴の感情は鷹邑の些細《ささい》な言動に振り回されてばかりいる。

例えば、小さなキャンディ一つで子どものようにウキウキと舞《ま》い上がったり、そうかと思えば、今までどうとも思わなかった彼の行動が急に癇《かん》に障《さわ》ったり――…どうにも理解し難《がた》い自分

自身に、戸惑うばかりだ。

今も、登園してくる園児を出迎《でむか》える麻貴の背後では、たまたま通りかかったところを目敏《めざと》いお母さま方に捕《つか》まった鷹邑が、丁寧《ていねい》に受け答えをしている声が聞こえてきていた。

ちらと横目に窺《うかが》った視線の先で、鷹邑が彼女たちに囲まれて談笑《だんしょう》している。見慣れた鋭《するど》い顔つきがふっと和《やわ》らぎそこに浮《う》かんだ微笑《ほほえ》みを見た瞬間《しゅんかん》、麻貴は自分の頰《ほお》が見る間に引き攣《つ》ってゆくのがわかった。

急いで背を向ける。

以前の麻貴ならたぶん、彼のこんな様子を見かけたらきっと手放しで喜んでいたはずだ。彼女たちが保育士同様調理師や栄養士にも気軽に声をかけられるようになればいいと思ったし、そこには鷹邑の事を誤解している人たちに彼のことをもっときちんと知って欲しいという願いも含《ふく》まれていた。

そして実際、その光景が今目の前で繰《く》り広げられているというのに。

「…っ」

それなのに、こんなにも苛立《いらだ》ってしまうのは、どうしてなのだろう――。

「マキせんせい、おはよう」

ハッと思考が断《た》ち切られて、途端耳にわっと朝の喧騒《けんそう》が戻《もど》ってくる。

「――っ、あ、おはよう。太一くん。龍くん、加奈ちゃんも。今日はみんな一緒《いっしょ》だ」

今日も全速力で突進《とっしん》してくるかわいい園児たちの姿を認め、麻貴はあわてて笑顔を取り繕《つくろ》うと、元気いっぱいの彼らを迎《むか》えるため両手を広げるのだった。

今日は天気がいいので午前は広い庭に出て元気いっぱいに遊んだ後、おいしい給食を食べて満腹になった子どもたちがぐっすりとお昼寝《ひるね》している頃――。麻貴たちも豪華《ごうか》な給食を食べ終えて、いつになく静かな休憩室《きゅうけいしつ》にはまったりとした空気が流れていた。

「はい、どうぞ」

「ありがとうございます」

窓辺に据《す》えられたアイアンの猫脚《ねこあし》のカフェテーブルに移動し、流れるような手つきで那智が淹《い》れてくれた紅茶は理事長からの差し入れだ。ほんのりと甘いフレーバーの正体を訊《き》くと、ピーチティーだと教えてくれる。

滅多《めった》に園に顔を出さない代わりに、彼はよくこうやって差し入れをしてくれるのだ。それが奇妙《きみよう》なことに、休憩時間になって休憩室を覗《のぞ》くとテーブルの上に高級菓子《がし》やらお茶やらがメッセージを添《そ》えてポンと置かれているのである。本人が直接持ち込んでいるのか、それとも誰か代理人がいるのか真相は不明なのだが、そんな理事長の謎《なぞ》の行動には職員ももうすっかり慣れっこだった。

今日の差し入れの中身は高級そうなクッキーと紅茶の詰《つ》め合わせ。那智は数種類ある中から適当にチョイスすると、麻貴に最近お気に入りのカップアンドソーサーを準備させ、自分は鼻歌を口ずさみながらティーポットにリーフを量り入れたのだった。

「…うん。さすが理事長だね。紅茶もクッキーもおいしい」

優雅《ゆうが》な仕草で一口ずつ口にした那智は、ふわりとその美貌《びぼう》をほころばせた。

「麻貴くんもどうぞ」

そう言うと那智は、子どもにそうするようにすらりと形のいい指でクッキーを一枚摘《つま》み、麻貴の口元に寄せてきた。両手で包むようにカップを持っていた麻貴は雛鳥《ひなどり》のように口を開ける。サクッと軽い口あたりのクッキーは濃厚なバターの風味を残して口の中でほろりと溶《と》けた。

「あ、おいしい」

素直《すなお》な感想に那智がにっこりと微笑む。窓から滑《すべ》り込んできた微風《びふう》に彼の柔《やわ》らかな毛先が散り、麻貴の鼻先をうっとりとするようなほのかな甘い香《かお》りが掠《かす》めた。頰にかかる髪の束を無造作に掻き上げる仕草にも華《はな》があり、麻貴は思わず見惚《みと》れながら本当に綺麗《きれい》な人だと改めて思う。

「どうしたの?…あ、麻貴くん、ちょっと動かないでね。口にクッキーがついてる」

気づいた那智が、そっとしなやかな細い指で麻貴の唇《くちびる》に触《ふ》れてきた。

その瞬間、麻貴の脳は色白のほっそりとした指を、ある男の長く骨張ったそれに勝手に変換《へんかん》してしまう。皮の厚い、少し体温が低めの乾《かわ》いた指の腹が、麻貴の唇をなぞる——。

「はい、取れた」

すぐに離《はな》れていく指先を物足りない思いで追いかけて、そこでばちりと指の本当の持ち主と視線が絡《から》んだ。

「あれ…麻貴くん？　ごめん、爪《つめ》があたっちゃった？」

子どもを傷付けないように綺麗に整えられた自分の爪先を確認《かくにん》しながら那智が申し訳なさそうに言った。瞬時《しゅんじ》に我に返った麻貴は慌《あわ》てて首を振《ふ》って否定すると、那智はホッと表情を和《なご》ませる。

「そう？　なんか変な顔してたから、爪があたって痛かったのかと思って」

「大丈夫《だいじょうぶ》です。ちょっとぼうっとしてました」

目元に微かに朱《しゅ》を散らして大急ぎで取り繕った笑顔が少し引き攣る。まさか、那智の指の感《かん》触《しょく》にもかかわらず脳裏《のうり》をよぎったのは鷹邑のそれだったなんて言えるはずもなかった。

「そういえば、劇の台本読みは進んでる？」

ふいに思い出したように尋《たず》ねられて、麻貴はうっと言葉を詰まらせた。

「もうすぐ全体練習に入るからね。ただでさえ忙《いそが》しいのに、あんなにいっぱいセリフ覚えるのは大変だろうけど」

二年前は自分も経験者だと、那智が懐《なつ》かしそうに笑う。

「あ、そっか。那智先生の時は何をやったんですか？」

「シンデレラ」

「シンデレラ？　うわあ、観《み》たかった……」

思わず身を乗り出すと、那智は「そんないいものじゃないよ」と苦笑《くしょう》する。

「王子様は誰だったんですか？」

「……湊先生」

ところがこの質問には先ほどから一転、那智の声が一トーン下がった。麻貴は聞いていいものかどうか迷ったけれど、思い切って尋ねてみる。

「那智先生と湊先生って、二人は仲が……」

「まったく良くないよ」

最後まで言わせてもらえないままきっぱりと即答《そくとう》。

「……苦手、とかですか？」

「ううん。嫌《きら》い」

嫣然《えんぜん》と微笑んで言うのだから、余計に怖《こわ》い。

「そう、なんですね……」

もうこれ以上はこの話に触れない方がよさそうだと、麻貴は逃《に》げるように手元の紅茶に意識を集中させた。

隣《となり》で静かにカップを傾《かたむ》ける気配がする。梅雨も中休みなのか、今日は朝から快晴だ。珍《めずら》しくジメジメというよりはさらりとした心地《ここち》よい風が吹《ふ》き、開け放たれた窓から緑の濃《こ》い匂《にお》いが入ってくる。カップからゆっくりと唇を離し、微《かす》かに息をついた那智がポツリと言った。

「麻貴くん。本当に、王子様役が鷹邑さんだったらよかったのにね」

「へっ？」

何の前振《まえふ》りもなくそんなことを言われて、ギョッとした麻貴は思わず素《す》っ頓狂《とんきょう》な声を上げた。

それを気にしたふうもなく、那智は窓の外を形のいい顎《あご》で指し示して続ける。

「寡黙《かもく》な王子様っていうのも、お母さま受けしそうなんだけど……」

つられるようにして視線を向けると、いつからそこにいたのだろう、裏門の近くに鷹邑の立ち姿を見つけて麻貴は驚《おどろ》いた。洗濯物《せんたく》を干し終わった帰りだろうか、半袖《はんそで》からすらりと伸《の》びた逞《たくま》しい腕《うで》が大きな空の洗濯籠《かご》を抱《かか》えている。門を出てすぐの空き地には園名の由来にもなっている理事長と同じ名前の桜の巨木《きょぼく》があり、六月も下旬《げじゅん》の桜は歓迎会《かんげいかい》を兼《か》ねたお花見がすでに懐かしく季節の移ろいを感じさせる。豊かな葉を透《す》かした緑の木漏《こも》れ日が、彼の白いシャツを眩《まぶ》しく照らしていた。

カップを軽く揺《ゆ》らしながら那智が呟《つぶや》く。

「鷹邑さんと一緒《いっしょ》にいるのって……あの人、ここのお母さんじゃないかな」

「だと思います。食事相談に来たお母さんですかね」

それは麻貴も鷹邑に気づいた時から気になっていた事だった。彼の大きな背中越《ご》しにもう一人、女性の姿が垣間見《かいまみ》える。

正門・裏門とも入ってすぐの場所にある守衛室に警備員が常勤しているため、不審《ふしん》者はここまで入っては来られない。園舎から正門ほど距離《きょり》のない裏門は、一度園の敷地《しきち》を囲む塀《へい》の門を出て更《さら》にゆるやかな坂道を下った先に守衛のいる大きな門があった。時間外の保護者の訪問は、そこで身分証明書を呈示《ていじ》し許可が下りて初めて中に入れてもらえるのだ。

何やら立ち話をしている二人の様子をしばらく眺《なが》めていると、ふいに女性の方が一歩横にずれて姿が露《あら》わになる。那智が、あっと小さな声を上げた。

「麻貴くん。あのお母さん、『うさぎぐみ』の」

「…はい。須山太一くんのお母さんです」

麻貴もほぼ同時にその人物に思い当たる。

「そうそう。太一くんのお母さんだ。誕生日会の後、ケーキのお礼を言いに来てたよね」

アレルギー体質の太一の件で麻貴が悩《なや》んでいた時、那智もその場にいたので彼のことはよく覚えていたようだ。誕生日会の翌日、母親がお礼を言いに園に訪《おとず》れたことは職員全員が知っている。

思わず凝視《ぎょうし》してしまうその先で、ふいに須山が鷹邑に何やら手渡《てわた》した様子が見て取れて、途《と》端《たん》麻貴はそういえばと思い出した。

「あ、そっか。須山さん、太一くんの忘れ物を届けに来てくれたんですよ」

「忘れ物？」

「昨日、太一くんがお楽しみ会の道具を誤って持って帰ってしまったみたいなんです。朝は忘れたと言われたので、お迎《むか》えの時に持って来てもらうことになっていたんですけど。午後からの練習に間に合うように持って来てくれたのかな」

頭を下げながら袋《ふくろ》を渡《わた》している彼女の姿を見ると、やはり偶然《ぐうぜん》通りかかった鷹邑に預け物をしただけのようだ。

「裏門から来るお母さんって珍しいよね」

「そうですか？　でも、別に立ち入り禁止ってわけじゃないし」

きっと、裏門の方が便利だったのだろう。この辺り一帯理事長の私有地だが、職員や業者は整備された駐車場《ちゆうしや》がある裏門を使用する事が多い。正門からだと無駄《むだ》に広い前庭のせいで園舎に到着《とうちやく》するまでに結構な距離があるのだ。園の構造をよく知っていて時間が限られているのならなおさら、裏門にまわる確率は高い。

そう麻貴が頭の中で解釈《かいしやく》していると、横から那智が優雅に紅茶を啜《すす》りながら何気に言った。

「なんだか、楽しそう」

そののんびりとした一言が、麻貴の心臓をチクリと突《つ》き刺《さ》す。

息子《むすこ》の忘れ物は鷹邑に預けたのだから、もう須山がここに留《とど》まる必要はないはずだ。だから彼女はすぐに帰ると思っていたのに――。

そんな麻貴の予想を裏切り、須山はいまだに鷹邑と話し込んでいた。帰ろうとする気配すら一向に窺《うかが》えない。真剣《しんけん》な相談という雰囲気《ふんいき》ではなく、時折夏の匂いのする風に乗って運ばれてくる笑い声はやけに楽しそうで、麻貴の鼓膜《こまく》を不快に震《ふる》わせる。

「そういえば。太一くんのお母さんって、確かバツイチじゃなかったかな。まだ若いよね。もともとキレイな人だけど、なんだか最近ますますキレイになったような気がする。恋《こい》するオンナは――って、言うけど」

どうなんだろうね、と意味深に那智は呟いた。

「恋…」

麻貴は無意識にその言葉を繰《く》り返して、途端《とたん》キリキリと痛みが増した胸を咄嗟《とっさ》に押さえた。言われてみれば、最近の彼女は生き生きと輝《かがや》いてますます魅力《みりょく》が増したように思えてくる。

彼女は、恋をしているのだろうか――？

その相手はもしかして、今彼女の目の前にいる男なのか。

須山はまだ二十代後半の一見お嬢《じょう》様風の美人だ。おしとやか、という感じではないけれど、明るくて人当たりのいい女性で男受けもいいのだろう。一方、鷹邑もルックスは見ての通りだし、最近は人前に出ることも多くなり以前とは比べものにならないくらい愛想《あいそ》がよくなっていた。なにより、今まで幻《まぼろし》だった微笑《ほほえ》みを見せる。

麻貴は改めて門の方を見やった。そして、すんなりとあの二人ならお似合いだと思ってしまう。

ピーチティーの甘い湯気越しに、どこからどう見ても恋人同士としか思えない二人の様子がゆらゆらとぼやけて見えた。満更《まんざら》でもなさそうな雰囲気に当てられたのか、なんだかもやもやと胸が重く気分が悪い。軽い眩暈《めまい》までしてきて、意識的に視線を手元に引き寄せる。

きっかけは、やはり先日の太一の誕生日会だろうか。

息子の大喜びする姿が嬉《うれ》しくて――と、涙《なみだ》ぐみながらお礼を言った彼女を、あの時の鷹邑はどんな顔で見守っていたのだろう。その後、須山は積極的に彼に話しかけていただろうか。

思い出そうと努力するが、脳が勝手に拒否《きょひ》する。

ピンポイントで白く靄《もや》がかる不具合な記憶《きおく》に苛立《いらだ》ちが募《つの》り、そのうちズキズキと痛み始めたこめかみの不快感に麻貴は盛大に顔をしかめた。

「おいおい。鷹邑のヤツ、園児の母親に手ェ出しちゃマズイでしょ」

そこへ聞き覚えのある声が割り込んできたかと思うと同時に、背後からするりと手が伸びてきて麻貴の首にやわらかく絡《から》みついた。買い出しに出かけていた湊と篤弘が戻《もど》ってきたのだ。

首を反らして見上げると、麻貴に抱《だ》きついた湊がへらりと脂下《やにさ》がる。

「たーだいま。んー、麻貴ちゃん甘い匂いがする。おいしそ」

「何言ってるんですか。離《はな》れてくださいよ。紅茶が零《こぼ》れます」

「麻貴くん。まだポットのお湯、熱いけど。後ろのその鬱陶《うっとう》しいのにぶっかけようか？」

「…なっちゃん。そんなことしたら王子様が火傷《やけど》負っちゃうでしょ。愛しの白雪姫を救いに行けないでしょうが。まったく、何て恐《おそ》ろしい事を言い出す継母《ままはは》なんでしょう」

職員劇の配役を持ち出しつつ湊がふるふると首を振《ふ》って冗談《じょうだん》混じりに嘆《なげ》いた。ふん、と鼻を鳴らす那智の差し出すカップに、篤弘が執事《しつじ》よろしく新しい紅茶を注いでいく。

そんないつも通りの喧騒《けんそう》。だが、麻貴はどうしてかそこに上手《うま》く乗り切れないでいた。先ほどから理由もわからずシクシク痛む胸の痛みを誤魔化《ごまか》すように冷めた紅茶を一気に呷《あお》る。冷えた液体が喉《のど》を落ち胃に溜《た》まると、なんだか無性《むしょう》に悲しくなった。風に混じって耳朶《じだ》を掠《かす》めるソプラノの笑い声に、咄嗟に耳を塞《ふさ》いでしまいたい衝動《しょうどう》に駆《か》られる。

「鷹邑さんたち、話が弾《はず》んじゃってますねぇ」

聞こえてきた一際《ひときわ》大きな笑い声に、自分の分もちゃっかり淹《い》れて那智の隣で紅茶を啜っていた篤弘が窓の外へと視線を飛ばす。思わずつられて目を向けてしまった麻貴は、視界に飛び込んできた光景を見た瞬間後悔《しゅんかんこうかい》した。角度のせいで麻貴からは鷹邑の顔はよく見えなかったが、須山の楽しそうな表情はやけにはっきりと確認《かくにん》できる。長身を上目遣《うわめづか》いに見上げ少し首を傾《かし》げるようにして笑いかける彼女。一般的《いっぱん》に見てかわいらしいはずのその仕草が麻貴にはひどく癇《かん》に障《さわ》り、無意識にカップを持つ手に力がこもった。

「こうやって見ると、鷹邑さんってやっぱりイイ男だね」

「…そうですね。特に最近は、お母さま方の話題には必ず出てきますからね。滅多《めった》に笑わない人だから、ちょっと目尻《めじり》下げただけでお母さま方はキャーキャーですよ。あのお母さんも——マッキーのクラスの子のお母さんだよな？——鷹邑さんファンですかね」

「やっぱり、アツもそう思う？　鷹邑さん人気、急上昇中《きゅうじょうしょう》だからね。あーあ、残念。もう少しタイミングがずれてたら、王子役は間違《まちが》いなく鷹邑さんだっただろうに」

「いやいやいや。あーゆうヤツに限って、外じゃ何やってるかわかったもんじゃないよ？　アイツは調理師という素敵《すてき》な武器を持っている。その武器を最大限に活《い》かして子羊ちゃんをヒョイッと釣《つ》り上げちゃうわけよ」

例えば、コンビニ通いの子の目の前で手作り弁当をちらつかせてみせる——とか、と。湊が麻貴の耳元でひそりと意地悪く囁《ささや》く。

「子羊ちゃんは家庭の味に飢《う》えてるから、何も疑わず与《あた》えられた餌《えさ》を『おいしい、おいしい』って無邪気《むじゃき》に食べるわけだ。そうして餌付《えづ》けした純真無垢《むく》な麻貴ちゃんを、今度はあの野獣《やじゅう》がパクッと……！」

「ひゃっ」

パクッと耳たぶに噛《か》み付かれて、麻貴は思わず突拍子《とっぴょうし》もない声を上げてしまった。反射的に発した声は、思った以上に周囲に響《ひび》き渡る。

「あ、気づかれた」

那智の声に麻貴は慌《あわ》てて口を塞ぐ。だがすでに後の祭りで、麻貴が自分の口を手で覆《おお》うのと同時に裏門の二人がこちらを振り返った。窓辺の四人に気づいた須山がにっこりと笑顔《えがお》で会釈《えしゃく》をしてくる。それに対して鷹邑の方はこちらを見た途端、すっと笑みを消してしまった。

須山のお辞儀《じぎ》には条件反射で完璧《かんぺき》な笑顔を返しながら、相変わらず麻貴に負《お》ぶさったまま湊が潜《ひそ》めた声で言う。

「相変わらず怖《こわ》い顔するねぇ。目つきだけで人を殺せるんじゃねぇの？……ああ、俺たちにイイところを邪魔《じゃま》されたからか」

「鷹邑さんって、『来るもの拒《こば》まず派』ですかね」

「やめてよ。湊先生じゃあるまいし」

「おい。お前の俺への偏見《へんけん》、最近ますます悪化してるんだけど。時の流れというのは残酷《ざんこく》なものだねぇ。二年前の舞踏《ぶとう》会では、あんなにラブラブに踊《おど》った仲なのに。ねえ、シンデレラ？」

「──煩《うるさ》い」

耳を流れてゆく会話に、ふと引っかかりを覚えた麻貴は一人黙《だま》り込んで考えていた。

例えば、鷹邑が篤弘の言う通り、『来るもの拒まず』という性格だとしたら。

言い寄られたら、それに応《こた》える――というのが、彼の主義だとすれば。

つまり、二ヶ月前のあの時、目を瞑《つぶ》ったのが麻貴ではない他《ほか》の誰かであっても、彼はあのシチュエーションならキスをしていたということだ。そう考えると彼が口走った、『つい』という言葉の意味も、その後の悪気のなさそうな態度も、不本意ではあるが一応納得《なっとく》できる。

あの時、鷹邑は違《ちが》う意味で目を閉じた麻貴がキスをねだっていると勘違《かんちが》いした。それに応じないのは彼の主義に反する。だから、キスをした。

ところが麻貴にとってそれはまったく望んでいないことで、けれども今になって考えてみればどちらが悪いとも言えない。双方《そうほう》の思惑《おもわく》が食《く》い違っていただけなのだ。

しかしそこで、誤解したまま麻貴が鷹邑を蔑《さげす》むようなことを言ったから、彼は気分を害したのだろうか――。

相手に対して恋愛《れんあい》感情がなくても、そういうことができる人はいる。たとえ鷹邑がそういった人種であっても、麻貴に彼を責める権利はないのだ。

でも、麻貴には彼のように割り切った大人《おとな》の付き合い方はできそうもない。キスもそれ以上も本当に大好きな人とだけしたいし、そんな考えをガキだと嗤《わら》われても構わないと思っている。

きっと鷹邑にとっては、麻貴のような恋愛経験の未熟な子どもは面倒《めんどう》くさいだけなのだろう。

ふと、もしこれが須山だったら彼女はどうしただろうかという疑問が脳裏《のうり》を過《よ》ぎった。

須山なら麻貴のように子ども染《じ》みた反応をせず、素早《すばや》く空気を読み自らねだるかもしれない。

そんな彼女を前にして、鷹邑はどんな行動を取るのだろう。

やっぱり、応じてしまうのだろうか――。

嫌《いや》な想像をしてしまいそうになって、麻貴は咄嗟《とっさ》にかぶりを振って思考を掻《か》き消した。

「おっと。どうした麻貴ちゃん」

「いい加減離れろって言ってるんだよね？　麻貴くん」

「湊先生、構いすぎるのもほどほどにしとかないと。そのうちマッキーに殴《なぐ》られますよ」

「いやいや。麻貴ちゃんは、そんなことしないよねぇ？」

「――…え？」

肩《かた》を叩《たた》かれてハッと我に返った麻貴は、ジッと三人に見つめられていることに気づいてギョッとする。くすっと那智が人の悪い笑みを浮《う》かべた。

「ほら、嫌《きら》われた」

「まだ三ヶ月も経《た》ってないっていうのに。最短記録じゃないですか」

篤弘が爽《さわ》やかに笑って新たに淹れた紅茶を湊に差し出した。それを睨《にら》みで撥《は》ねつけた湊は麻貴に泣きついてくる。

「嫌わないで！　麻貴ちゃん！」

「別に、嫌ってませんよ」

「ああ！　もう、やっぱり麻貴ちゃん、大好きだ！」

「…うっ」

軽く首を締《し》めながらぎゅうぎゅう抱《だ》きついてくる湊を、話の流れはまったくわからないがとりあえず引き剝《は》がすのは諦《あきら》めて好きにさせながら、麻貴はちらと窓の外に視線を投げる。

目の端《はし》に映り込んだ裏門にもう須山の姿はなかった。だが鷹邑はまだそこにいて、険しい表情でジッとこちらを睨みつけている。

麻貴はもう少しだけ首を捻《ひね》り、そして鷹邑と目が合ったと思った次の瞬間《しゅんかん》。

え——…？

拒絶《きょぜつ》するように視線がすっと逸《そ》らされる。

茫然《ぼうぜん》と見開いた視界の中を、鷹邑は麻貴を一度も見ることなく横切って行った。


昼休憩《きゅうけい》の辺りからずっと、もやもやとした原因不明の物体が胸に重く凝《こご》って気分が悪かった。

それでも努めて笑顔で園児に接するのだけれど、こういう時子どもというのは彼ら特有の感覚で何かを感じ取ってしまうものらしい。「マキせんせい、だいじょうぶ？」「せんせい、おなかいたいの？」と、三歳児によってたかって心配されてしまった。

情けない話だが幼い彼らに励《はげ》まされながら、麻貴はなんとか気力を振り絞《しぼ》って園児を送り、片付けを終えてようやく長い一日を終える。その途端《とたん》、気が抜《ぬ》けたのか一気に疲労《ひろう》が雪崩《なだれ》のように覆いかぶさってきた。

「…早く帰って、寝《ね》よ」

体力には自信がある方だが、慣れない社会人生活も三ヶ月にしてさすがに疲《つか》れが出始めたのだろうか。仕事を休むわけにはいかないので、早く体調を取り戻《もど》さないといけない。自身の体調管理も社会人としての基本だ。

さっさと着替《きが》えを済ますと、麻貴は先輩《せんぱい》たちに挨拶《あいさつ》をしてロッカールームを出た。職員棟《とう》から本館に入り、職員玄関《げんかん》に向かう廊下《ろうか》を曲がろうとして、次の瞬間、向かい側から歩いてきた長身の男とばったり出くわす。

しまった、と思ったが目を合わせてしまった以上ここで引き返すわけにもいかなかった。

「今日は、もう帰るのか？」

ところがそう尋《たず》ねてくる鷹邑は、まるで何もなかったかのようにいつもの彼だ。そのことに内心驚《おどろ》きながら、麻貴はそろりと伏《ふ》せていた顔を持ち上げる。すると、真っ直《す》ぐに見詰《みつ》めてくる眼差《まなざ》しと出逢《であ》った。

数秒経っても逸らされる気配のない視線に、心の底からホッと安堵《あんど》する。

「俺ももう上がるし、台本読み付き合うぞ？」

よかった、と心底思う。目の前にいるのはいつもの鷹邑だ。昼間の事は、もしかしたら麻貴の思い過ごしなのかもしれなかった。

「蓮宮？」

「いえ…すみません。あの、今日は…用があるので、帰ります」

麻貴は首を振《ふ》って断る。いつもと変わりない様子の鷹邑を見て、張り詰《つ》めていたものが一気にゆるんだのか鼻の奥がツンと痛い。彼が麻貴のことをちゃんと見てくれただけで今日はもう充分《じゅうぶん》だった。ドッと気が抜けて、思考がうまくめぐらない。こんな状態ではとても劇の練習なんてできそうになかった。

お疲れさまでした、と頭を下げて麻貴は鷹邑の脇《わき》をすり抜ける。

すると、すれ違ったばかりの腕《うで》がいきなり摑《つか》まれた。そのままクッと軽く引き寄せられる。

「え？」

驚いて振り仰《あお》ぐと、いつになく真剣《しんけん》な顔をした鷹邑に問いかけられた。

「どうした？　気分でも悪いのか？」

「……」

一瞬《いっしゅん》、麻貴はどう答えていいのかわからない。心配しているのだと、摑まれた腕から彼の感情がそのまま流れ込んでくるようで、ふいになぜだか涙《なみだ》が出てきそうになる。

言葉が出てこず、代わりに麻貴はゆるく首を振ってみせた。伏せた目元にぎゅっと力を入れて、意味も分からず込み上げてきたものを必死に抑《おさ》え込む。

その様子が、彼の目にはどう映ったのか。

「おい、蓮宮？」

鷹邑がふと不審《ふしん》そうに声を低めた。俯《うつむ》いたまま顔を上げようとしない姿を見て、どこか様子がおかしいことを察したのか、彼は気遣《きづか》うようにそっと麻貴の髪《かみ》の毛に触《ふ》れる。その刹那《せつな》だった。触れられた箇所《かしょ》からビリビリッ、と電流が全身を駆《か》け巡《めぐ》り、痺《しび》れながら腰《こし》の力が抜けていく感覚に思わず熱い呼気が漏《も》れる。

「…っ」

「おい」

何かを確信したように、鷹邑が膝《ひざ》を曲げて顔を覗《のぞ》きこんできた。そして、麻貴の前髪《まえがみ》を掻き上げ、

「お前、熱でもあるんじゃ…」

「──や…っ！」

額に指先が触れた次の瞬間、パシッと乾《かわ》いた音とともに鷹邑の手が激しく横にスライドした。

「あ…」

すぐには自分でも何をしたのか事態を呑《の》み込めなかった。正面に立ち尽《つ》くす鷹邑も何が起こったのか咄嗟には理解できないようだった。振り払《はら》われた手は宙で行き場を失い、茫然と見開いた眼差しが麻貴を見詰めている。

やがて徐々《じょじょ》に思考がめぐり始めると、だらんと力なく垂らした右手に鷹邑を振り払った感《かん》触《しょく》が後悔《こうかい》を引き連れて蘇《よみがえ》ってきた。ジンジンと痛みをともなう熱が胸にまで伝わり呼吸をするのも苦しい。

さー…、と身体《からだ》中から血液が一気に引いていく音が耳鳴りのように聞こえる。

とんでもないことをしてしまった──と、今更《いまさら》後悔したところで後の祭りだった。

とても真正面から顔を合わせることはできなくて、薄闇《うすやみ》の窓に反射する虚像《きょぞう》を恐《おそ》る恐る横目

に盗《ぬす》み見る。そこには、当たり前だが不愉快極《ふゆかいきわ》まりないといった様子で麻貴を睨み下ろす鷹邑の姿がはっきりと映っていた。

煌々《こうこう》とした廊下が、息もできないほどの沈黙《ちんもく》で埋《う》め尽くされる。

長い沈黙を破ったのは、頭上から冷ややかに落ちてきた低い声だった。

「──俺に触《さわ》られるのは、そんなに嫌か」

その言葉に、麻貴は弾《はじ》かれたように顔を跳《は》ね上げる。

だが続く言葉につと眉《まゆ》を寄せた。

「立花には好きにさせるくせに」

「え…?」

どうしてそこで湊が出てくるのだろう。鷹邑が一体何を言いたいのか、その真意が読めなくて麻貴は戸惑《とまど》った。すると次の瞬間、不意打ちに動いた手が麻貴の二の腕を力任せに捉《とら》える。

「──痛っ」

「あいつに触らせるな」

「な──っ」

吐息《といき》がかかるほどに間近で鷹邑に低くそう言われて、動揺《どうよう》した麻貴は一瞬言葉を失った。だがすぐに自分を取り戻すと、理不尽《りふじん》な鷹邑の物言いが耳朶《じだ》に返り瞬時《しゅんじ》にカッと頭に血が上る。

同時に、なぜだか昼間鷹邑が須山と楽しそうに喋《しゃべ》っていた光景が脳裏《のうり》に鮮《あざ》やかに蘇って、わけもわからず怒《いか》りが込み上げてきた。

「何で、そんなことを鷹邑さんに言われなきゃならないんですかっ」

叫《さけ》んで腕を引くと、更《さら》に強い力で摑まれる。

「あいつは駄目《だめ》だ」

「だから、どうして湊先生のことをそんなふうに──」

「俺がどうしたって？」

その時だ。どこからか暢気《のんき》な声が聞こえてきて、緊迫《きんぱく》した二人の間に割って入ってきた。

「……湊先生」

ハッと振り返ると、背後から湊がのんびりと歩いてくる。鷹邑も彼に気づいてその途端僅《わず》かに腕の拘束《こうそく》がゆるんだ。麻貴は隙《すき》をついて鷹邑から逃《のが》れると、思わず湊に駆け寄った。

「おーっと、どうした麻貴ちゃん？　おニィさんを待っててくれたの？　ゴメンね、遅《おそ》くなっちゃって」

いつもの冗談《じょうだん》めいたノリで肩《かた》を抱《だ》き寄せられて頭を撫《な》でられるのが、こんなにホッとしたことはない。少し落ち着きを取り戻した麻貴は彼なら大丈夫《だいじょうぶ》だと妙《みょう》な確信を持つと、湊の目を見詰めて言った。

「遅いですよ。い、一緒《いっしょ》に帰る約束したじゃないですか」

麻貴の言葉に湊は一瞬おやっ、と眉を持ち上げてみせたが、

「ゴメン、ゴメン。ちょっとニーナ兄さんに借りてた物があったからさ。兄さん待ってたら遅くなっちゃった」

へらりと笑ってほぼこちらの期待通りの答えを返してくれる。時々、彼の勘《かん》の良さにはひやりとさせられるものがあるけれど、この時ばかりは助けられたと麻貴は心の中で感謝した。

「それじゃあ、帰ろうか。麻貴ちゃん」

湊に腰を抱かれるように腕を回されて、麻貴は自然と踵《きびす》を返す恰好《かっこう》になった。流れに身を任せるように、途中《とちゅう》おざなりな会釈《えしゃく》を挟《はさ》んで鷹邑とすれ違《ちが》う。視線を交《か》わす勇気はなかった。

麻貴と並んで歩く湊が思い出したように肩越《かたご》しに振り返り、鷹邑に軽く手を上げてみせる。

「じゃあな、おつかれ」

直後、静まり返った廊下にひどく不機嫌《ふきげん》な舌打ちが木霊《こだま》した。


「すみませんでした」

正門を出たところで、麻貴はすぐさま湊に謝った。

「うん？　何が？」

ところが、とぼけたように逆に訊《き》き返されて、言葉に詰まる。

もし説明を求められた場合、一方的に巻き込んだ側としてそれを拒《こば》むのは彼に対してあまりにも失礼だ。だが、ここで先ほどの状況《じょうきょう》を問われても麻貴自身どう話していいのかわからなかった。

「すみません…何でもないです」

「そ？」

湿気《しっけ》を含《ふく》んだ生温かい風が肌《はだ》に纏《まと》わりつきながら後方に流れてゆく。梅雨真っ只中《ただなか》だというのにここしばらくは晴天が続いていたが、今朝流し見た天気予報によると明日は久しぶりに雨になるようだった。

ぽつぽつと他愛《たわい》ない会話を交わしつつ、二人は肩を並べてゆるやかな坂道を下っていく。

「湊先生。一つ、訊いてもいいですか？」

「うん？　どうぞ」

星の見えない夜空を仰いでいた湊が、ゆるりと視線を麻貴に下ろした。

「『つい』って、普通《ふつう》、どういう意味で使う言葉だと思います？」

「は？」

予想はしていたが、案の定、湊は疑問符《ぎもんふ》を顔に張り付けて怪訝《けげん》な目で見てくる。

「あ、えーっと。例えば、恋愛《れんあい》…面で」

思わずきょときょとと視線を宙に彷徨《さまよ》わせてしまう麻貴を横目に見やりながら、湊は「ふーん」と、何か含みのある相槌《あいづち》を寄越《よこ》してきた。

「恋愛面の『つい』、ねぇ。例えば、つい――抱きしめてしまった、とか、つい――キスしてしまった、とか？」

「…まあ、そんな感じです」

一瞬、ギクリとする。

「出来心で、っていうのもあるんじゃないの？」

「出来心…ですか」

「でもねぇ。本気の恋《こい》は、頭でするものじゃなくて、こっちでするものだから」

言いながら、突然《とつぜん》湊は麻貴の左胸元《むなもと》を指先でツンツンと突《つつ》いてきた。びっくりして、麻貴は反射的に一歩後退《あとずさ》る。

その反応をくっくと喉《のど》で笑いながら、彼は言葉を継《つ》いだ。

「その場の弾《はず》みで『つい』やっちゃうのは、頭のどっかで『まあ、しかたない』って、自分に言い訳する余裕《よゆう》がまだ残ってるもんなんだよ。でもこれが本気になると、そんな事を考える余裕すらない。後先考えるより先にまず心が動くからだ。なりふり構ってなんかいられない。

『つい』の理由なんて、一つしかないんだし。……理屈《りくつ》じゃなくて、衝動《しょうどう》——なんだとさ」

まあ、ニーナ兄さんの受け売りなんだけどね、と湊が悪戯《いたずら》っぽく片目を瞑《つぶ》ってみせた。

「そういう考えで言うなら、しようと思って実際行動に出た、っていうんじゃなくて、気づいたらそうしてた、っていうのは、もう堕《お》ちてるんだろうな」

「堕ちる？」

「そ、恋に堕ちる。よく言うでしょう。恋はするものじゃなくて、堕ちるものだ、って」

ふっ、と目元を細める。

「最初はかわいい子だな、って思うだけだった。でも傍《そば》にいたら、思うだけじゃ物足りなくて、触《ふ》れてみたくて——…気がついたら、キスをしてしまっていた。その時の、自分の無意識の行動を表す言葉が、『つい』しか思いつかなかった」

ふと珍《めずら》しく神妙《しんみょう》な顔つきをした彼の唇《くちびる》から紡《つむ》がれる独白めいた言葉は、麻貴にいつかの調理室での出来事を思い出させた。

そしてすぐに、それはないだろう、と思う。鷹邑にとっての『つい』は、どちらかと言えば、深い意味などない出来心の『つい』で、もっと言えば義務に近いようなものだ。

そう思った刹那《せつな》、ツキッ、と胸に錐《きり》で突き刺《さ》したような痛みが走って、麻貴は理解し難《がた》いそれに顔をしかめながらこっそりと胸元を押さえた。

「それって、湊先生の話ですか？」

「うん？　麻貴ちゃん、俺と本気の恋愛してみる？」

「遠慮《えんりょ》します」

「…早いな。少しくらい迷ってくれてもいいでしょう。『何言ってるんですかっ！』って、顔をポッと赤らめてみるとかさぁ。さみしいなぁ」

「何言ってるんですか」

「こらこら、呆《あき》れるな」

からからと笑う湊に上手《うま》くはぐらかされたのがわかったけれど、それ以上麻貴は深くは追わなかった。

ふいに湊が笑《え》みを引いて、静かに話を戻《もど》した。

「動機なんて、案外と単純だったりするんだよ。勝手に複雑に考えてあえて見えないようにしてるだけで、本当はたった二文字ですむことかもしれないのに」

その瞬間《しゅんかん》、ドキリと心臓が嫌《いや》なふうに脈打つ。二文字と言われて、麻貴が咄嗟《とっさ》に思い当たったのが『義務』という言葉だったからだ。鷹邑が『つい』で動く時、その裏にあるのは『誘《さそ》われれば応じなければならない』という彼の性格に基づいたものだろう。やっぱり、と思うと同時に胸がズキズキと痛み出して、今日一日で起きた出来事が脳裏《のうり》でぐるぐると走馬灯のように蘇《よみがえ》り麻貴を苦しめてきた。ついさっき鷹邑に掴《つか》まれた二の腕《うで》が火傷《やけど》したように熱をもって切なく疼《うず》く。

「まあ、麻貴ちゃんにはまだ気づいてほしくないけどね」

薄闇《うすやみ》にぽつりと零《こぼ》れた湊の呟《つぶや》きは、もう麻貴の耳には届かなかった。

5

園自体が休みである日曜日。

週に一度のせっかくの休みを麻貴は昼までだらだらと寝《ね》て過ごす。

カーテンが半分開いた窓の外を眩《まぶ》しげに見やると、二日続いた雨はカラッと上がって気持ちのいい青空が広がっていた。

梅雨《つゆ》空のように鬱々《うつうつ》とした気持ちもこんなふうにパッと晴れてくれればいいのにと、午後になってようやくのそのそと起き出した麻貴は気晴らしに少し遠いが歩いて駅前の大型書店まで出かけることにする。

特に目的もなく訪《おとず》れた書店は、休日だからか込んでいた。

三階まで上がりコミックの新刊をチェックしてから、文芸の二階はとばして、一階の雑誌コーナーに向かう。

一時間ほどファッション雑誌を中心に立ち読みして、店を出た。

ちょうどティータイムの時間帯なのか、大通りのカフェはどこも賑《にぎ》わっている。

「そう言えば、豆乳クリームのケーキ…おいしかったなぁ」

こんな時、望が一緒《いっしょ》だったらどこかのカフェで新作スイーツを楽しむところだけれど。あいにくと今日は彼と約束をしていないのだった。

ふらふらと歩いているうちに大通りを抜《ぬ》けてしまい、他《ほか》に用事もないので帰路につく。

アパートまであと半分という距離《きょり》まで戻ってきた頃《ころ》――。

滅多《めった》に通らない歩道を歩いていると、やがてこの界隈《かいわい》では有名な高級スーパーマーケットが姿を現す。高級志向なため利用客が限られるスーパーで、食費に金をかける余裕がまだない新米保育士の麻貴は大学時代に一度興味本位で入ってみたけれど、ありえない値段表示に目を白黒させて以来、店内に足を踏《ふ》み入れたことはなかった。

ふいに、以前ちらと耳にした湊の言葉を思い出した。

「ここが、鷹邑さんが使ってるスーパーなのかな…」

価格は高めだが食材が豊富という点は聞いた話と一致《いっち》する。

ふと、いつも鷹邑から貰《もら》ういちごみるくキャンディがここのスーパーでしか手に入らないブランドだという情報まで思い出して、なぜかその瞬間、突如《とつじょ》不具合を訴《うった》えはじめた自分の胸元を麻貴はぐっと押さえた。数日前からどうもこの辺りの調子が悪いのが気にかかる。

鷹邑とは二日前にお互《たが》い気まずいまま別れて以来、話すどころかまともに顔も合わせてはいなかった。その状態を引きずったまま休日に入ってしまったため、明日からのことを考えると気が重い。

悪いのはどう考えても麻貴の方なのだから、彼を不快にさせたことはきちんと謝るべきだと頭ではわかっているのだけれど――。

ズン、と背中全体に何か重たいものがのし掛《か》かってくるような気がして、僅《わず》かに膝《ひざ》が沈《しず》んだ。

その時だった。

何気に見やったスーパーの自動ドアの前。

そこにひどく見覚えのある後ろ姿を発見して、麻貴は思わず小さく声を上げた。一瞬、自分の目を疑う。

「え…？」

だがジッと目を凝《こ》らして見ても、そこにいるのは鷹邑に間違《まちが》いなかった。ちょうど店内から出てきたところだろうか、両手に膨《ふく》らんだスーパーのレジ袋《ぶくろ》を提げた彼は一度出たばかりの店に向き直るような仕草をしてみせてから、すぐに麻貴のいる方へと歩いてくる。

咄嗟に壁陰《かべかげ》に身を滑《すべ》らせた。驚《おどろ》いた心臓が混乱して、物凄《ものすご》い音を立てて暴れ出す。

何という偶然《ぐうぜん》だろう。休日に、しかもこんなところで——。

車道を挟《はさ》んで向かいの歩道を歩いている鷹邑は、幸運にも麻貴の存在には気がついていないようだった。そのまま店舗《てんぽ》に隣接《りんせつ》した駐車場《ちゅうしゃ》に入っていく。

車——…？

麻貴はふと首を傾《かし》げた。

免許《めんきょ》は持っているが必要がないため自家用車は所持してないし、今のところ購入《こうにゅう》の予定もない、と彼は以前言っていたような気がするのだが。

不思議に思いながら視線で彼の背中を追っていると、突然《とつぜん》視界の端《はし》から飛び込んできた影《かげ》があった。

やはり店内から出てきた一人の若い女性が小走りに駐車場へと入っていく。そして、

「——……え、ウソ」

彼女が当たり前のように駆《か》け寄ったのはなんと鷹邑で、二人は顔を見合わせると微笑《ほほえ》み合いさも自然な感じに肩《かた》を並べて再び歩き出したのだ。

遠目に繰《く》り広げられるその信じられない光景に、麻貴は愕然《がくぜん》とした。

鷹邑が女性と二人で買い物をしているという事象よりも、彼女の正体により大きなショックを受ける。

半ば無意識に呟いた自分の声が、麻貴の胸を研《と》ぎ澄《す》ましたナイフのように鋭《するど》く突《つ》き刺した。

茫然《ぼうぜん》と眺《なが》める視線の先では、二人が同じ車に乗り込もうとしているところだった。黒の軽自動車の持ち主は須山で、鷹邑はバックシートに荷物を積み一旦《いったん》ドアを閉めると、サイドシートに長身を滑り込ませる。

「何で…須山さんが、鷹邑さんと…?」

まもなくして、車が駐車場から出てきた。フロントガラス越《ご》しに直視してしまった車内の楽しそうな様子に、傷口を抉《こ》じ開けるようにして抉《えぐ》られた胸が悲鳴を上げる。軽快なエンジン音が、ただ茫然と立ち尽《つ》くす麻貴を嘲笑《あざわら》ってあっという間に遠ざかって行った。

置き去りにされた生温かい排《はい》ガスをふわりと爽《さわ》やかな初夏の風が包み込んで跡形《あとかた》もなく掻《か》き消し、静かな住宅街の一角は、まるで何事もなかったかのように再びゆったりと時が流れ出す。

泣きたいほど優《やさ》しい微風《びふう》にやわらかく頬《ほお》を撫《な》でられながら、麻貴はしばらくの間その場に立

ち尽くしていた。

ハッと気がつくと、麻貴は自宅アパートの部屋の前に立っていた。

どうやら無意識のうちにここまで戻って来てしまったらしいが、どこをどう歩いたのかまったく覚えていない。信号もあったはずなのに、と考えると自分の行動が少し怖《こわ》くなる。

チノパンのポケットから取り出した鍵《かぎ》でドアを開けて中に入ると、スニーカーを脱《ぬ》ぎ捨てて覚束《おぼつか》ない足取りで部屋に上がった。まるでぬかるみの中を歩いているかのようにふらふらと、毎日生活している住み慣れた部屋のラグに躓《つまず》き、ローテーブルに足を引っ掛け、その拍子《ひょうし》にテーブルの上の瓶《びん》を引っくり返してしまう。

「あ——」

振《ふ》り返った時には、すでに黒いテーブルの上に色とりどりの欠片《かけら》が散らばっていた。キャンディやチョコレートだ。意外にも甘党揃《ぞろ》いの職場の先輩《せんぱい》たちが、糖分補給に持ち寄ったそれらを麻貴にもしょっちゅうわけてくれるので、食べきれなかった分が瓶に溜《た》まっていったものだった。

数々の鮮《あざ》やかな包み紙の中、ふとある一つが目に留まる。

淡《あわ》いピンク色の和紙で作られた包み紙——それは鷹邑から貰ったものだった。

「残ってたんだ」

呟いて、麻貴はそれを手に取る。

初めて弁当に添《そ》えられて渡《わた》されたキャンディを、何となく食べずに瓶にしまっておいたことを思い出した。結局、手作り弁当を食べたのは一度きりだったけれど。あの時は、麻貴の好みを知っていてくれたことが凄《すご》く嬉《うれ》しくて——…せっかく貰ったものの、全部食べてしまうのが惜《お》しかったのだ。三つのうちの一つは意地悪な湊に食べられてしまったから、残りのうち一粒《つぶ》を舐《な》めて、もう片方は大切に取って置いたのだった。自分でも随分《ずいぶん》と女々《めめ》しい事をしたものだと、少し呆《あき》れる。

麻貴はゆっくりと包みを開いた。

包み紙よりも淡いピンク色の珠《たま》を頬張《ほおば》る。ころんと舌の上で転がすと、濃厚《のうこう》なミルクといちごの甘さが口いっぱいにひろがった。

「…甘」

ここ数日のうちにすっかり麻貴の舌に馴染《なじ》んでしまった味は、少しすると微《かす》かにしょっぱさが加わってくる。覚えのない塩味を不思議に思い、そうしてその時初めて麻貴は自分が泣いていることに気がついた。

「…なんだ、これ」

頬を指先で拭《ぬぐ》って、ギョッとする。

だが、突如流れ出した涙《なみだ》は、自覚すると更《さら》に溢《あふ》れて止まってくれそうになかった。次第《しだい》にどうでもよくなってきて、噛《か》み殺していた声がゆるゆるとほどけた唇《くちびる》の隙間《すきま》から零《こぼ》れ出す。

泣き声に呼応するように疼《うず》く胸がズキズキと痛い。苦しくて、今にも張り裂《さ》けそうだ。

けれども、こうなる理由がどうにもはっきりしない。

「なんで、だよ…？」

その時ふいに、脳裏《のうり》に閃《ひらめ》くように蘇《よみがえ》る記憶《きおく》があった。

つい先ほど遭遇《そうぐう》した、鷹邑と須山のデート現場。

ああ、そうだったのか——…。

唐突《とうとつ》に、答えはすとんと胸に落ちてきた。

高い位置から落とした小石が、寸分違《たが》わず小石大の小さな穴にぴたりとおさまるように。

それは、探していた未完成のパズルのピースをようやく見つけ出して完成させた時の、あのすっきり感と似ている。

ずっと、胸の中でもやもやとしていたものの正体とは何だったのか。時折感じる胸の痛みや不快感は、一体何が原因だったのか。そして今、自分が泣いているのは、どうしてなのか。

元を辿《たど》ればすべて、ある一人の男につながっていたのだ。

驚くほどすんなりと、麻貴はその意味を受け入れる事ができて逆にびっくりする。でも、否定する気はさらさらなかった。

この、胸に収まり切らないほどに溢れて自分ではどうしようもない感情がきっと——恋《こい》、なのだ。

「そっか…。俺、鷹邑さんのことが好き、なんだ——…」

6

それが恋だと自覚した途端《とたん》、失恋《しつれん》が決定した。

麻貴が職場の先輩以上の想《おも》いを抱《だ》いている相手には、すでに恋人同然の女性がいたからだ。

保育園の一調理師が、特定の園児の母親と休日にまでわざわざ外で会う理由なんて、一つしか思い当たらない。以前、保育園に太一の忘れ物を届けに来た時も、もしかしたらあらかじめ連絡《れんらく》を取って裏門で待ち合わせたのかもしれなかった。

考えれば考えるほど、麻貴の中での彼らの関係は推測から確信へと変わっていく。逆に、そうではない理由を探す方が難しい。

周囲に秘密にしているのも、お互《たが》いの立場や世間体《せけんてい》の問題があるからで、必要以上に慎重《しんちょう》にならなければいけないし、なかなか公《おおやけ》にはできない恋なのは本人たちもわかっているだろう。

幸せそうに見えても、いろいろと大変だろうことは漠然《ばくぜん》とだが想像がつく。

だが、彼らを応援《おうえん》できるほどの余裕《よゆう》は、今の麻貴にはなかった。

別れを望みはしないけれど、うまくいくことを願おうとも思わない。

彼らの関係には無関心を装《よそお》うことが一番いいような気がする。いろいろと前兆はあったはずなのに自覚するのが遅《おそ》かったのは、麻貴にとってはかえってよかったのかもしれない。気づいた直後に強制終了《しゅうりょう》がかかった恋は、そこから積み上げていくものがない分、手遅《ておく》れになるほど想いを募《つの》らせて諦《あきら》めるよりはマシだろう。あとは自分自身との闘《たたか》いだ。

「――…先生、麻貴先生」

無意識に思考に暮れていた麻貴は、突然肩《とつぜんかた》を叩《たた》かれてハッと我に返った。

振り返ると『うさぎぐみ』の担任、麻貴の教育係でもある亮司が心配そうな顔をして立っている。

「麻貴先生。もう今日は上がっていいですよ」

「え？」

亮司の言葉に、麻貴は首を傾げる。

「でも、まだ五時半にもなってないですよ？」

これからお迎《むか》えのピークになるというのに、一体何を言い出すのだろう。もともと保育士二人で受け持つ三歳児クラスだから、麻貴が抜《ぬ》けたら亮司一人になってしまうのに。

そんなことを考えていると、まるで麻貴の頭の中を読み透《す》かしたように亮司がレンズの奥でふわりと微笑《ほほえ》んで言った。

「ええ。でもこちらは大丈夫《だいじょうぶ》です。新南くんがちょうど手があいているようですから」

「え？」

彼が視線で示した方を見て、驚《おどろ》く。テーブルで絵を描《か》いている子どもたちに交じって、シェフコートを脱いだエプロン姿の新南の姿があったからだ。チョコストロベリーのような色のエプロンにはおいしそうなアイスクリームのワッペンが幾《いく》つもついていて、女の子たちが興味《きょうみ》津々《しんしん》でいじっている。

「あれ？　新南さん」

「気がつかなかったでしょう」

十分くらい前からいるんですけどね、と亮司が少し困ったように笑う。麻貴の周りには最新型のテレビの前でアニメのDVDを真剣《しんけん》な眼差《まなざ》しで観《み》ている子どもたちが座っていたが、記憶にある人数よりも二人減っていた。五分ほど前に立て続けにお迎えが来たらしい。

「す、すみません。ぼんやりしてて」

考え事をしていましたなんて、言い訳にはならなかった。

彼らに対する申し訳なさと自分の情けなさに思わずしゅんと項垂《うなだ》れると、頭上から潜《ひそ》めた声が降ってくる。

「麻貴くん、今日は朝からずっと調子悪かったんじゃないですか？　子どもたちの前ではちゃんと先生の顔をしていましたけど、見えないところでは時々辛《つら》そうでしたから」

それに子どもたちも先生が最近元気ないって心配していましたよ、とズバリと言われて、麻貴は顔を跳《は》ね上げた。

眼鏡越《めがねご》しの心配そうな眼差しと視線が交差して、すぐさまここ数日の自分の行動を反省する。

そして、申し訳ない思いでいっぱいになった。

亮司が気遣《きづか》うように続ける。

「季節の変わり目は体調を崩《くず》しやすいですから。そろそろ仕事にも慣れてきた頃《ころ》でしょうし、気が弛《ゆる》んで余計に疲《つか》れが出やすい時かもしれません。今日は早く帰って、ちゃんと食事をとって、ゆっくり寝《ね》た方がいいですね」

「でも…」

「明日休まれる方が困りますから。幸い今日は臨時のお手伝いさんもいることですし」

ね、と優《やさ》しく微笑んだ彼の言葉は本音なのだろう。今日残りの時間を無理して働いて、そのせいで明日ダウンして仕事を休むことにでもなったら、それこそ彼らに迷惑《めいわく》がかかる。

だが、別に麻貴は体力的には何の問題もないのだ。問題があるのは、むしろ精神面の方だ。とはいえ、どっちにしろ彼らに気を遣わせてしまったことには変わりない。

しっかりしろと自分に言い聞かせて気を引き締《し》めた麻貴に、しかし亮司は見てごらんというふうに目配せをしてきた。

麻貴は開きかけた口を一旦《いったんと》閉ざして、言われた通りに部屋の後方に視線を投げた。その直後タイミングよくこちらを向いた新南とバチリと目が合う。すると彼はニッと笑いながら、口パクで「任せなさい」と告げてきたのだ。すぐに、首の後ろで結んだ長めの髪《かみ》を隣《となり》の女の子に引っ張られて、あっちを向いてしまったけれど。

「ほら、ね？　新南くんもああ言ってくれていることですし。ここは私たちに任せて、麻貴くんはもう上がりなさい」

穏《おだ》やかながら、有無《うむ》を言わせないそれは先輩《せんぱい》命令だ。

「…はい。すみません。それじゃあ、お先に失礼します」

「はい。お疲れさま」

にっこりと微笑む亮司に頭を下げ、新南とも視線で挨拶《あいさつ》を交《か》わし、そうして麻貴はとぼとぼと保育室を出たのだった。


「はあ…」

深々と溜《た》め息をついて、麻貴はエプロンを外しながら滑《なめ》らかな肌触《はだざわ》りの真鍮《しんちゅう》の引き手を引いた。天然木のロッカーに取り付けられているミラーに映る自分を見て、軽く引く。

「…ひどい顔」

これでは亮司だけでなく子どもたちにまで心配されても仕方ない。自分では普段《ふだん》通りのつもりでいたけれど、こうやって鏡に映してみると昨晩の不眠《ふみん》が祟《たた》って目の下にはうっすらとクマができているし、全体的に生気が薄《うす》くひどく疲れて見える。今日一日こんな姿を子どもたちに晒《さら》していたのだと思うと情けなくて、また盛大な溜め息が零《こぼ》れた。

仕事に私情を持ち込んだあげく先輩たちには気を遣わせてしまうなんて、社会人として失格だ。

「明日からちゃんとしないと」

もう、今さら悩《なや》んだところで結果は見えているのだから——。

未練がましく下手《へた》に行動に移すよりも、自分の中でケリをつけてすっぱりと諦めてしまう方が、後々のことを考えると良い選択《せんたく》なのは一目瞭然《りょうぜん》だった。なにより、自分の想いを告げることで鷹邑を困らせたくはない。申し訳なさそうに顔を歪《ゆが》めて言葉を探す彼を想像しただけで、怖《こわ》くて身震《みぶる》いがした。

「――……っ」

怯《おび》えるように跳ねた肩《かた》に、我知らず苦笑《くしょう》が漏《も》れる。結局、自分が臆病《おくびょう》なだけなのだろう。須山が今鷹邑の隣にいるのは、きっと彼女自身がそうなることを望んで努力したからだ。同じ土俵に上がる努力すらしていない自分には最初から勝ち目などない。

ふと、湊の声で『衝動《しょうどう》』、という言葉が耳に蘇《よみがえ》る。

もしこれが『本気の恋《こい》』ならば、麻貴は状況《じょうきょう》によっては須山の存在にもかかわらず衝動的に鷹邑に想いを伝えてしまうのだろうか。それとも、寸前で理性がストップをかけるくらいには『本気』までにまだ距離《きょり》があるのだろうか。

そう思いながら、どちらか確かめてみようなんて選択肢《せんたくし》は麻貴には最初からなかった。そんな危険な冒険心《ぼうけん》があるなら、今日も朝から彼の気配だけを避《さ》けるようにして過ごしてはいない。

「やっぱり、臆病だな」

ひっそりと自嘲《じちょう》して、麻貴は制服を脱《ぬ》ぐ。

とりあえず今日は優しい先輩方にありがたく甘えることにして、早く家に帰って寝てしまおう。そして明日からは完全に気持ちを切り替《か》えて、気合いを入れて仕事に専念しなければ――。

着替え終わり、荷物を出してロッカーを閉める。

カチャリと、上品なたたずまいのロッカールームに響《ひび》き渡《わた》る金具の音で、麻貴の胸にも見えない鍵《かぎ》がかけられたような気がした。少し、気が楽になる。あとはこの鍵穴の存在を忘れるだけでいい。たぶん、それが一番難しいことなのだとは思うけれども。

何度目かの溜め息をついて、薄手《うすで》の半袖《はんそで》シャツをTシャツの上に羽織ろうとした時だった。

ふいに部屋のドアがノックされて、麻貴は反射的に壁《かべ》掛け時計を見やりながら返事を返す。まだ通常勤務時間だ。そろそろ園児をお迎えに来た保護者たちで正面玄関《げんかん》が賑《にぎ》やかになる頃だろうに。

麻貴の声を待ってから、ドアがゆっくりと開く。

誰だろうかと首を伸《の》ばすようにドアの隙間《すきま》を覗《のぞ》き見て、直後、麻貴は瞬間冷凍《しゅんかんれいとう》されたかのように全身を硬直《こうちょく》させた。

「帰る支度《したく》はできたのか。ちょうどよかったな」

大きく目を瞠《みは》る麻貴の姿を認めた鷹邑は、そのまま部屋に入り後ろ手にドアを閉める。カチャリと鳴り響いた小さな金属音に、麻貴の心臓はドクンッと、底から突《つ》き上げられたかのように激しく跳ね上がった。

「蓮宮？」

泣きたいくらいに耳に馴染《なじ》んでしまっているその声に呼ばれて、条件反射のように胸が打ち震《ふる》える。

「す…すみません。もう出ますから」

即座《そくざ》に自分を取り戻《もど》した麻貴は、発作《ほっさ》的に謝った。途端《とたん》戸口に立っていた鷹邑がムッと男らしい眉《まゆ》を寄せる。

「何で謝るんだ。別に急ぐ必要ないだろう。俺はこれを渡しに来ただけだ」

苛立《いらだ》ちを押し殺すような声音《こわね》でそう言うと、彼は手に持っていた紙袋《かみぶくろ》を麻貴に差し出した。

「調子、まだ戻ってないみたいだな。給食もあまり食べてなかっただろう」

「え…？」

床《ゆか》に落としていた視線を持ち上げる。

「消化のいいものを詰《つ》めておいた。これを食べて、ゆっくり休め」

ぶっきらぼうに差し出されたものはどうやら弁当のようで、夕飯にそれを食べろという意味らしかった。袋を見詰める麻貴の頭上から、ぼそっと「この前は悪かった」と早口に言い添《そ》えられて、ふいに涙《なみだ》が込み上げる。

謝らなければならないのは自分の方なのに――…。

「この時期になると気がゆるむのか、毎年調子を崩《くず》すヤツが増えるんだ。特に新人は初めてのお楽しみ会が控《ひか》えていることもあって、大変だからな」

優しく見下ろしてくる眼差しが麻貴を心配しているのだと真摯《しんし》に訴《うった》えてきて、心臓がきゅうっと締め付けられるように苦しくなる。

「何か心配事でもあるのか？　身体《からだ》が弱ってる時に悩み事は少しでも減らした方がいい。俺でよかったら相談にのるぞ」

「……っ」

こんな優しさは、ずるい。

麻貴の調子が悪そうに見えると言うのなら、その原因はすべて鷹邑にあるのに。

昨日だって、あんな現場を目撃《もくげき》しなければ眠《ねむ》れない夜を過ごすなんて苦い経験はしないで済んだのだから――。

そう思った途端、上昇《じょうしょう》していた体温がまたたく間にすうっと下がってゆくのがわかった。脳《のう》裏《り》に蘇った光景にぐらぐらと頭が揺《ゆ》さぶられて、突然疼《とつぜんうず》き出したこめかみの痛みを誤魔化《ごまか》すように口が勝手に言葉を紡《つむ》ぐ。

「昨日は――あの人にも、こんなふうに料理を作ってあげたんですか?」

「昨日?」

唐突《とうとつ》な問いかけに、鷹邑が目をしばたかせた。

「料理上手な男って、やっぱり魅力《みりょく》的ですよね。その上、鷹邑さんカッコイイから」

「おい、何言って…」

「俺も、うっかり餌《え》付《づ》けされかけました。鷹邑さんが、気紛《きまぐ》れなんかでお弁当なんて作ってくれるから。手作りって、やっぱり嬉《うれ》しいですもん。鷹邑さんが作ってくれるのおいしいし。でも俺は…っ」

「蓮宮、ちょっと落ち着け」

早口にまくし立てる麻貴に冷静な声が制止をかける。思わずビクリと身震いして押し黙《だま》ると、鷹邑が聞こえよがしの溜め息をついた。

数瞬の沈黙《ちんもく》ののち、彼は何か言おうと口を開く。だがそれを寸前で、急いでへらりと作り笑いを浮《う》かべて麻貴が阻《はば》んだ。

「き、気をつけなくちゃダメですよ。誰が見てるかわからないんですから。いきなり一児のパパになるのは、大変だと思いますけど。ああ、でも太一くんならかわいいし、ちょっぴりやんちゃなところもあるけど、ほら鷹邑さんにはすごく懐《なつ》いてるし。大丈夫《だいじょうぶ》だと思いますよ」

「蓮宮…」

「そうそう。また、ケーキとか作ってあげてくださいね。太一くん、ケーキ食べたの初めてだったみたいで、いまだにおいしかったって話すんですよ。だから」

「──蓮宮」

「……っ」

そこへ怒《いか》りを孕《はら》ませた低い声が落とされて、更《さら》に続けようとした麻貴の声を瞬時に奪《うば》った。

もう一度静かに呼ばれて、麻貴は咄嗟《とっさ》に伏《ふ》せた顔を釣《つ》り上げられるようにしてのろのろと持ち上げる。切れ長の目元を眇《すが》めてみせる彼は、怒っているというよりは呆《あき》れているようだった。

「お前、一体何の話をしてるんだ」

鷹邑は真っ直《す》ぐに麻貴を見下ろしてくる。その眼差《まなざ》しを、見詰め返すことのできない自分が嫌《いや》で仕方なかった。麻貴は痛いほどの視線を受け流すようにして僅《わず》かに目線を横にずらす。

「…すみません。昨日、俺見ちゃったんです。でも、本当に偶然《ぐうぜん》で」

「見たって、何を」

「鷹邑さんが——須山さんと、一緒《いっしょ》にいるのを」

ぼそぼそと白状する声を聞き取った鷹邑が、一瞬驚《おどろ》いたような顔をしてみせる。そして僅かに逡巡《しゅんじゅん》するような間を置いてから小さく嘆息《たんそく》した。

「蓮宮もあのカフェにいたのか。見かけたのなら声をかけてくれればよかったのに……。変な気を遣《つか》わなくても、須山さんは蓮宮のクラスの保護者だろう」

「カフェにも行ったんですか」

「……。…あ、いや」

麻貴の切り返しに、ハッと目を瞠った鷹邑が彼にしては珍《めずら》しくうろたえる。

彼の動揺《どうよう》に比例するように胸がズキズキと疼《うず》き出す。麻貴は胸元《むなもと》を押さえながらやはりそうなのかと、無意味に再確認《かくにん》してしまったことを後悔《こうかい》した。頭の中身を泡立《あわだ》て器でグルグルとかき混ぜられているような気持ち悪さに、早くこの場から逃《に》げ出したいと本気で願う。

「俺が見かけたのは——、スーパーから出てきたところです。その後すぐに二人で車に乗ってどこか行っちゃったから。でも、二人のことは誰にも言いませんから。俺から洩《も》れることはないと思ってもらって大丈夫です。約束します」

早口で一気に告げて、麻貴はそれじゃあと頭を下げると足元のバッグを持ち上げた。彼の脇《わき》をすり抜《ぬ》けようと一歩踏《ふ》み出す。

「おい、蓮宮。ちょっと待て——お前一人で何を勝手なこと…おいっ、危ないっ」

「わっ」

ところが、焦《あせ》る気持ちに足がついていかなかったのと昨夜の寝不足《ねぶそく》もたたって、ふらついた麻貴は何もないところで派手に躓《つまず》いてしまう。大きくつんのめった身体は、だがすんでのところで抱《だ》きとめられた。顔面から床に落ちなかったことにホッと胸を撫《な》で下ろしたのも束《つか》の間、気付くと逞《たくま》しい腕《うで》が腰《こし》に巻きついていてTシャツ越《ご》しに鷹邑の体温が伝わってくる。

咄嗟に息を止めた。

けれども、躓いた衝撃《しょうげき》とはまた別な理由で激しく伸縮《しんしゅく》を繰《く》り返す心臓だけはどうすることもできなくて、今にも爆発《ばくはつ》しそうな心音に気づかれる前に麻貴は大急ぎで鷹邑から離《はな》れようとする。だが腰を支えている腕を無理やり引き剝《は》がそうとすると、一瞬緩《ゆる》まったかと思った彼の腕に一層強い力がこもった。

「あ…」

細腰を掬《すく》い取るようにして、ぐっと引き寄せられる。

「大丈夫か？」

少し掠《かす》れた低音が、耳元で尋《たず》ねた。

鼓膜《こまく》に直接吹《ふ》き込まれた声がスイッチとなり、途端に麻貴の心臓は制御《せいぎょ》不能なほどに暴走しだす。異常な速さと音の鼓動《こどう》は、おそらく麻貴に触《ふ》れている腕を伝って彼にも届いているはずだった。ひどい羞恥《しゅうち》が込み上げてきて、カアッと全身が炎《ほのお》の塊《かたまり》になったかのように熱くなる。

「…顔が赤い。熱があるんじゃないか？」

耳朶《じだ》に囁《ささや》くように問われて、麻貴は悲鳴を上げそうになるのを必死に耐《た》えてかぶりを振《ふ》った。

「だ、大丈夫です。だから」

どうか離して欲しい——と、懇願《こんがん》する声が喉元《のどもと》で詰まって滞《とどこお》る。これ以上言葉を発すれば、引きずられるようにしてわけもなく泣き出してしまいそうな予感に、くらくらと眩暈《めまい》がした。呑《の》み込む感情が大きすぎて、薄《うす》い胸が今にもはちきれそうだ。

やはり——…自分は、この人の事が本気で好きなのだ。

他《ほか》の誰に対しても、こんなふうに胸が痛くなるほど高鳴ることはない。わけもなく泣きたくなるような切ない想《おも》いをしたのは初めてだった。

すべてが鷹邑限定なのだ。

もう、どうしようもないと思う。この息をするのも苦しいほどの感情を、吐《は》き出してしまえばきっと楽になる。全部内側に呑み込んで一人で密《ひそ》かに殺してしまうには、思った以上に育ち過ぎていた。今まで本人すら気づかなかったおとなしく猫《ねこ》を被《かぶ》っていたそれは、たがが外れたかのように瞬く間に膨《ふく》れ上がり、ついに口から溢《あふ》れ出す。

「鷹邑さん、俺——」

「悪い」

だがしかし、切羽《せっぱ》詰まったか細い声は、どこか苛立《いらだ》ったような溜《た》め息混じりの声に敢《あ》え無く搔《か》き消されてしまう。

「そんなに具合が悪かったなんて、気づいてやれなくて悪かった。早く帰ってしっかり休め。

これからお楽しみ会の練習も本格化してくるんだ。今きちんと治しておかないとお前が困ることになる」

「……」

麻貴は思わず押し黙る。衝動《しょうどう》任せに打ち明けようとした告白は思わぬ仕打ちを食《く》らって、完全に行き場を失ってしまった。喉元で冷え固まった感情をどうしていいのかわからない。

「……大丈夫《だいじょうぶ》、ですから」

「震《ふる》えてる。寒いのか？」

そんな麻貴の混乱など露《つゆ》ほども気づかない鷹邑は、見当違《ちが》いな事を言って麻貴を抱《かか》え込んだ腕をますます自分の方に引き寄せる。背中に引き締《し》まった厚い胸板《むないた》が密着して、ふるりと身体《からだ》の芯《しん》から打ち震えた。

鷹邑は少し考えるような素振《そぶ》りを見せた後、僅かにトーンを上げた声音《こわね》で「そういえば」と思い出したように告げてくる。

「須山親子も、蓮宮の白雪姫を楽しみにしているみたいだぞ」

だから早く体調を戻《もど》せと、おそらく元気付けるために言ったのだろうその言葉を耳にした刹《せつ》那《な》、だが麻貴は目の前が一瞬《いっしゅん》真っ黒に染まったような錯覚《さっかく》を覚えた。貧血を起こす前に似た不快感を懸命《けんめい》に耐えてなんとかやり過ごし、どうしてこのタイミングでその名前を出すのかと、鷹邑に理不尽《りふじん》な恨《うら》みすら湧《わ》く。

そうして唐突《とうとつ》にハッと、これは警戒《けいかい》されたのかもしれないと思い当たった。

「あのな蓮宮、お前さっき何か変な事を言ってただろう。昨日のあれは……おいっ」

叫《さけ》び声が聞こえたと同時にかくん、と膝《ひざ》の力が抜け落ちる。いまだに腰を支え続けている腕がなかったら、おそらくすとんと麻貴は床《ゆか》にくずおれていたはずだ。

「蓮宮？ 本当に大丈夫なのか？ 具合が悪いなら病院に行った方が…」

心底心配する声を、ほぼ無意識に首を振って断った。その途端《とたん》、麻貴の中で何かが壊《こわ》れて引き結んでいた口元が意志に反して僅かに弛《ゆる》む。直後、自分ではない誰かが麻貴の口を使って勝手にペラペラと喋《しゃべ》り出した。

「大丈夫です。ちょっと立ちくらみがしただけで。本当になんともないんですよ」

へらりと、顔が不恰好《ぶかっこう》な笑《え》みを作る。

「もう一ヶ月切ってますからね、お楽しみ会まで。明後日からは職員劇も全体練習に入るし。一応セリフは覚えたつもりですけど、もう一度読み直さないと」

「練習なら明日好きなだけ付き合ってやるから。今日はもう帰って休め」

「本当に大丈夫ですって。ああ、そうだ。鷹邑さん、今まで劇の練習に付き合ってもらってありがとうございました。仕事が終わってから、遅《おそ》くまで練習に付き合わせちゃって、すみません。でもこれからは、湊先生に付き合ってもらうつもりですから」

「立花に？」

鷹邑がぴくりと片眉《かたまゆ》を吊《つ》り上げた。

「はい。ほら、湊先生が一応王子様役なので。全体練習の前に二人だけで合わせておこうかな、って。今日も、一緒に練習する約束をしてるんですよ」

作り笑いを浮《う》かべながら、麻貴は我ながらよくもまあペラペラと口から出任せを言えたものだと内心感心する。勝手に名前を使って湊には申し訳ないと思うが、仲が良いのか悪いのか、彼らがもう片方の名前を聞いただけで途端に嫌《いや》な顔をしてみせることは知っていた。鷹邑も湊の名前を聞けば、ただでさえ自分とは関係ない劇練習にわざわざ関《かか》わろうとは思わないはずだ。

案の定、鷹邑の心配顔がみるみるうちに引き攣《つ》ってゆくのが見て取れる。

最近はあまり見かけなかった表情だからか、おかしなことに怖《こわ》いというよりも懐《なつ》かしさの方が強かった。以前はこの顔を見かけるたびにビクビク怯《おび》えていたのにと、麻貴はぼんやり記憶《きおく》をめぐらせながら、ふと思う。そういえば、この表情の鷹邑と出会うときはいつも、麻貴の隣《となり》に湊がいたような気がする。

「俺との練習は避《さ》けるくせに、あいつだといいのか」

「え？」

地の底を這《は》うような低さに驚《おどろ》いて、麻貴が思わず訊《き》き返したその直後、

「――っ！」

身体がふわりと浮かび上がったかと思うと、次の瞬間《しゅんかん》、乱暴に背中からロッカーに叩《たた》きつけられた。あまりの衝撃の強さに一瞬呼吸が止まる。

「…けほっ、なに……？」

「そういえば、お前はここに来て真っ先にあいつに懐いてたな。最近じゃあちこちでベタベタ

引っ付きやがって。お前も満更《まんざら》じゃない顔して……どんな甘いセリフで口説かれた？　あいつは誰彼構わず歯の浮くようなセリフを平気で口にする男だぞ。それにあいつは――」

「ちが……っ」

「本気になって後で泣くのはお前だ」

「だから、ちがいますって！」

「じゃあ、なんであいつなんだ！」

　両手首を固定してロッカーに押さえつけ、麻貴を身動きできない状態に追い込んで、鷹邑は高い位置から怖い顔で睨《にら》み下げてくる。凄《すご》むように問い詰《つ》められるその意味がわからなくて、麻貴はしきりに首を振った。いきなり豹変《ひょうへん》した意図もわからない。

「……寝《ね》たのか」

「っ⁉」

　頭上から鋭利《えいり》な刃物《はもの》を振り下ろすように放たれた低い声音に、麻貴はギョッとした。言葉の意味を理解するより早く反射的にビクッと肩《かた》が跳《は》ね上がる。その反応に、彼は何を思ったのかゾッとするほどの冷ややかさで鋭《するど》い眼差《まなざ》しをすっと眇《すが》めてみせた。そして、

「なるほど。食欲が満たされて、次は性欲か。用途《ようと》に合わせて相手を選んでたなんて、意外としたたかな性格だったんだな。立花には、どんなことをしてもらったんだ？」

「なっ⁉」

　ようやく鷹邑が何を言っているのか理解して、そのあまりの言われように麻貴はカアッと恥《ち》

辱《じょく》に顔を赤らめた。激しい怒《いか》りに任せて拘束《こうそく》された両腕《りょううで》に精一杯《せいいっぱい》の力を込めて逃《のが》れようと暴れる。が、必死の抵抗《ていこう》もむなしく、力の差を見せつけるかのように抗《あらが》えないほどの強い力であっさりと押さえつけられてしまった。

「離《はな》してください！　ひどいです、何て事言うんですかっ」

それでも諦《あきら》めず、麻貴はキッと睨み上げながら僅《わず》かに動く足で鷹邑の脛《すね》を思い切り蹴《け》り上げる。だがすんでのところでかわされ、逆に浮いた麻貴の片足を払《はら》った鷹邑が大きく開いた股《もも》の間に自分の足を割り込ませてきた。その結果、麻貴は羽をひろげた標本の蝶《ちょう》のごとくロッカーにぴたりと縫《ぬ》い留められてしまう。

「ちょ、鷹…んっ！」

叫ぼうとした声は、中途半端《ちゅうとはんぱ》なまま宙に浮いて掻き消えた。突然《とつぜん》咬《か》みつくようにして唇《くちびる》を塞《ふさ》がれて、麻貴は驚きに目を瞠《みは》る。

「……ん、……んん…っ」

すぐに半開きの唇の隙間《すきま》から口内に忍《しの》び込んできた生温かい感触《かんしょく》が、動揺《どうよう》して動けない麻貴の舌を強引《ごういん》に搦《から》め捕《と》りきつく吸い上げた。じんと脳髄《のうずい》が痺《しび》れて、ふっと意識が一瞬遠くなる。

まるでそれだけで一個体の生き物のように、鷹邑の肉厚の舌は器用に動き回り無垢《むく》な口腔《こうこう》を散々に荒《あ》らした。触《ふ》れるだけのそれとはまったく別の行為《こうい》に、膝ががくがくと震えまともに立っていられなくなる。舌を伝って送り込まれる唾液《だえき》をどうしたらいいのかすらわからなくて、卑猥《ひわい》に耳朶《じだ》を打つ水音に涙《なみだ》が溢《あふ》れてくる。顋《あご》をくっと持ち上げられた瞬間、溜《た》まった唾液がこくりと喉《のど》を落ちていった。

「…っ、ふ……んっ」

舌全体を使って擦《こす》り合わせ、絡《から》め合い、吸い上げる淫猥《いんわい》な動きにとてもついていけず苦しげにもがく麻貴に、それでも鷹邑は短い息継《いきつ》ぎを挟《はさ》みながら何度も何度も唇を重ねてくる。

「……ふ、はあっ」

ようやく解放されたかとホッと吐息《といき》が零《こぼ》れた矢先、また思い出したようにきつく塞がれた。うなじを大きな手に掴《つか》まれて爪先《つまさき》立ちになるくらいに強く引き寄せられ、先程よりも更《さら》に奥深くに挿《さ》し込まれた熱い舌先が喉奥《のどおく》の柔《やわ》らかい部分をくすぐり出す。

ゾワゾワッと身体の内側から湧き上がってくる未知の感覚に、腰《こし》の力が溶《と》けるように抜《ぬ》けていくのがわかる。ほとんど形を残してなかった思考も、熱を与《あた》えられたチョコレートのようにどろどろに溶けて甘くひろがっていく。

膝がかくりと崩《くず》れ、口腔を貪《むさぼ》られながら徐々《じょじょ》にずるずると沈《しず》んでいく身体が、腰に回された腕《うで》によって一度引き上げられた。そのまま背中をロッカーに押し付けられて、身体の位置を固定するように軽く開かされた脚の狭間《はざま》に素早《すばや》く膝が滑《すべ》り込む。

喘《あえ》ぐような己《おのれ》の呼吸音にくらくらする意識の向こうで、麻貴は微《かす》かな金属音を聞いたような気がした。

「……?…やっ！」

外されたのは自分のベルトだったのだと麻貴の頭が理解するより早く、鷹邑の手が強引にジーンズの内側にするりと侵入《しんにゅう》してきた。火照《ほて》った肌《はだ》に直接触れてくる別の体温にゾワリと背筋が戦慄《わなな》く。

「あっ、鷹邑さ…やめてください。人、呼びます、よ……」

「まだ勤務時間内だ。この職員棟《とう》には誰もいないんじゃないか？　まあ、試《ため》しに呼んでみるか？　立花あたりが助けに来てくれるかもな」

「なんで、湊せんせ…？　もう、何言ってるのか……やだ…ぁっ」

まだキスの余韻《よいん》が残る下腹部をまさぐられると、ズクンと腰が疼《うず》いた。すでに熱く反応している麻貴自身を探《さぐ》り当てた彼は、下着越《ご》しに浮き上がった形をじっくりとなぞるようにして長い五本の指を遊ばせ始める。

ゾクゾクッと身体《からだ》の芯《しん》から湧《わ》き上がってくる何とも言い表せない感覚に、一瞬《いっしゅん》でも気を抜けば全《すべ》てを呑《の》み込まれてしまいそうだった。麻貴は唇を噛《か》み締《し》めて懸命《けんめい》になけなしの意識を繋《つな》ぎとめる。

「…ふ…ぁっ」

ふいにくにゃりと無意識に腰が揺《ゆ》れて、その瞬間、我が物顔に蠢《うごめ》いていた指が一旦《いったん》ピタリと止まった。直後、おもむろに活動を再開した男の手が今度は迷わず下着の内側に潜《もぐ》り込んでくる。

すぐに中心を捕《と》らえた骨張った手は、先ほどの遊びのようなものとはまるで違《ちが》う荒々《あらあら》しい手つきで、確実な目的を持って動き出した。他人に初めて触れられたそこは、未知の快感にあっという間に昇《のぼ》り詰めてしまう。

「…やめ…っ、鷹、むらさ…」

もう、やめてほしい。これ以上触れられると、もたない――。

とろりと熱に潤《うる》んだ眼差しで哀願《あいがん》するも、冷酷《れいこく》なほどの無表情を決め込んだ男にはついぞ届かなかった。

ピクピク震《ふる》える先端《せんたん》を、カリ…と指先で抉《えぐ》られた瞬間、限界まで張り詰めたものはあっけなく弾《はじ》けてしまう。

「――早かったな」

少し意外そうな声音《こわね》とともに、ずるりと自分を犯《おか》した手が引いていくのを、麻貴は霞《かす》む意識の中でぼんやりと見ていた。その後しばらくの間、荒《あら》い呼吸音ばかりが静かな室内を満たす。

熱でどろどろに溶けた思考が端《はし》からゆっくりと冷えて、少しずつ固まっていく。

「なん、で…鷹邑さん…須山さんが……」

「まだそんなことを言ってるのか」

一人ではまともに立っていられない麻貴の腰を抱《だ》きながら、鷹邑が失笑《しっしょう》を零す。薄《うす》い肩を喘がせながら、麻貴は半ば無意識に記憶《きおく》の中の会話を探りその名前を口にした。

「湊先生、は…?」

どうして、鷹邑は急に湊の話を持ち出してきたのだろうか。

それが気になって尋《たず》ねたつもりだったがひどい脱力感《だつりょくかん》に思考と唇の動きが合わず、省略す

ぎた言葉は本当の意味をなさないまま口から外に出てしまう。

その直後だった。

「…っ」

麻貴の不完全な言葉を耳にした鷹邑の気配が、一瞬にして不穏《ふおん》なものに変化したのがわかった。本能的にしまったと思った次の瞬間《しゅんかん》、くるりと身体が反転し正面からロッカーに押さえ付けられる。

「イタ…っ」

「そんなにあいつがいいか？」

冷たい木製のロッカーに頬《ほお》を押し付けられながら、麻貴は嘲《あざけ》るように耳朶に囁《ささや》かれた声に瞠目《どうもく》した。どうして鷹邑がそこまで湊にこだわるのかわからない。しかも変な誤解をしているのが気にかかる。

「ちが、湊先生は……」

関係ないと否定しようとして、すぐに「その名前を呼ぶな」と頭上からぴしゃりと遮《さえぎ》られた。

反射的にビクリと身震《みぶる》いすると、背後で苛立《いらだ》たしげに舌打ちが鳴る。

「──やっ⁉」

突然《とつぜん》剝《む》き出しの双丘《そうきゅう》を撫《な》でられて、驚《おどろ》いた麻貴は咄嗟《とっさ》に身を捩《よじ》った。だがすぐさま背中を強く押されて、胸からロッカーに張り付かされる。鷹邑は麻貴を身動きできない状態に追い込んでから、僅かに突《つ》き出す恰好《かっこう》になった下肢《かし》を無遠慮《ぶえんりょ》な手付きで撫で回し始めた。

後ろから潜らせた手にやわらかい双珠をいやらしく揉《も》まれて、ひくりと喉が鳴る。

「あ…っ」

ふいに狭間をなぞられてゾクンと背筋が戦慄いた。直後、乾《かわ》いた後孔にぬるりとした物が塗《ぬ》り付けられる。

「や、何……ひっ」

冷たい感触がくぷりと内側にも入ってきて思わず悲鳴を上げた。

「ハンドクリームだ。いくら慣れてるといっても、さすがに何の準備もなしにするのは辛《つら》いだろ?」

「やっ、慣れてなんか——あうっ」

クリームを塗り込められた後孔に突き立てられた長い指が、内側の柔らかい粘膜《ねんまく》を擦りながらゆるゆると抽挿《ちゅうそう》を繰《く》り返す。

「や、だ……そんなとこ、触《さわ》らないで……ひっ」

今まで誰にも触《ふ》れられたことのないひっそりと隠《かく》れていた蕾《つぼみ》を無理やり抉《こ》じ開けるようにして、指が二本に増やされた。更に足されたクリームが指の動きにあわせてグチュ…グチュ…と内側で卑猥な音を響《ひび》かせ、聴覚《ちょうかく》までも羞恥《しゅうち》に犯す。

「……狭《せま》いな」

「やめ、怖《こわ》い……やだ、鷹邑さ……あっ」

ふいに拡張された入り口から、ずるりと指が退いていった。

「力を抜《ぬ》いてろよ」

掠《かす》れた声音が耳朶に囁いた次の瞬間、ハンドクリームの塗り込められた後ろに熱く猛《たけ》ったものがグッとあてがわれる。そして、一気に貫《つらぬ》かれた。

「――――っっ！」

狭道を無理やり押し拓《ひら》かれる痛みと苦しみに目の前が真っ赤に染まる。

「……はっ、あ、くるし……」

「力を、抜け…っ」

「や…っ、あっ」

背後から回された手が萎《な》えた麻貴自身を扱《しご》きだした。前に与えられる巧《たく》みな刺激《しげき》に、下肢の力がゆるゆると抜けてゆく。丹念《たんねん》な愛撫《あいぶ》に徐々に後ろの痛みが薄れ、次第《しだい》に前の快楽を追い求めるように勝手に腰《こし》がゆらゆらと動き始めた。うなじに熱い唇《くちびる》を押し付けられ、軽く吸われて背筋を反らす。すると内側を満たす鷹邑の角度が僅《わず》かに変わり、麻貴の敏感《びんかん》な部分を突いた。

「…ん、ぁ」

甘く喘《あえ》いで首を反らし、涙《なみだ》の膜《まく》に覆《おお》われてぼやけた天井《てんじよう》を見上げながら、どうして、と思う。

どうして、鷹邑は自分にこんなことをするのだろう――。

これも『つい』なのだろうか。きっと、彼は須山相手にならその一言では動かないはずだ。

麻貴が相手だから、自分が須山との関係を知ってしまったから――…だから、その口止め。

大切な人を護《まも》るため、これは鷹邑の『義務』だと言われているようだった。胸が痛い。

軽く腰を揺すられて、ひくつく喉《のど》から甲高《かんだか》い悲鳴が上がる。

「……動くぞ」

「や、も、ああっ…っ」

必死で首を振《ふ》る麻貴を無視して、鷹邑は腰を使い始めた。最初はゆっくりと、だがすぐに抽挿は激しいものになり、頭がおかしくなるほどに突き上げられ、揺さぶられながら、麻貴は二度目の精を吐《は》き出した。

7

職員劇の全体練習が始まったのがつい昨日の事のようだが、気がつけばお楽しみ会はもう明日に迫《せま》っていた。

初参加のイベントの上、劇の主役を務めるとなれば覚えることは山のようにあり、一日一日があっという間に過ぎて行く。だがかえって、その余計なことを考える暇《ひま》もない忙《いそが》しさが今の麻貴にはありがたかった。

あのロッカールームでの一件以来、鷹邑を再び避《さ》けるようになってから約一月《ひとつき》が経《た》つ。

無理やり吐精させられたショックで茫然《ぼうぜん》となっていた麻貴の後始末をするために、鷹邑がハンドタオルを持って部屋を出て行った直後、ハッと我に返った麻貴は急いでおざなりに身支度《みじたく》を整えると彼が戻《もど》ってくる前に逃《に》げ出したのだ。

そしてその翌日から今日まで、麻貴は徹底《てってい》的に鷹邑を避けて過ごしてきたのだった。

「――うん。いいんじゃない？」

理事長の知り合いだという舞台監督《ぶたいかんとく》が、職員劇の最後の通し稽古《げいこ》を観終《みお》えて拍手《はくしゅ》を贈《おく》った。

その評価に、仕上げのつもりで演じた舞台上の誰もがホッと安堵《あんど》の息をつく。

麻貴が想像していた以上に保護者や園児たちの期待は多大で、職員劇といえども気は抜《ぬ》けないと練習初日に釘《くぎ》をさされていた。そのため、プレッシャーが重くのし掛《か》かっていたのだが。

「蓮宮くん、よかったよ。この調子で明日もがんばって」

監督に褒《ほ》められて、麻貴は心の底からホッとする。強張《こわば》りが解けて自然な笑《え》みが浮《う》かんだ。

「あとは明日の本番でがんばってもらうとして。今日はこれで解散にしようか」

園児を帰してから行われる練習も、今日は明日の準備に追われて遅《おそ》めのスタートだったから、時計の針はいつもよりも大分遅い時間を指している。

手分けしてテキパキと片付けを終えて、ホールを皆《みな》で出た。

「明日は天気予報でも晴れだって言ってたし、雨の心配はしなくてもいいかな」

星が見えそうで見えない都会の夜空を仰《あお》いで、那智が呟《つぶや》く。

「あれ？　調理室は、まだ電気が点《つ》いてますね」

その横でふと夜空から地上に視線を落とした篤弘が、園舎の端《はし》を見て言った。

「明日は調理組も朝から大忙しだから」

「あのスイーツバイキングは保護者も子どもも楽しみにしてますからねぇ。俺も楽しみ」

「なんせホテル並みのスイーツが盛りだくさんだからね。理事長も面白《おもしろ》い企画《きかく》を考えるよね、まったく。あ、麻貴くんはあんまり食べ過ぎちゃダメだよ。衣装《いしょう》が入らなくなったら困るから」

からかうように那智におなかをぽんぽんと叩《たた》かれて、麻貴はうっと腹部を引っ込める。

「…気をつけます」

「——というか、逆かな」

独り言のような呟きがよく聞き取れなくて訊《き》き返そうとしたその時、麻貴は別の声に呼び止められた。

振り返ると、鍵《かぎ》を閉めたホールの入り口から亮司がちょっとと手招きをしてみせる。

「なんだろう」

「衣装のことじゃない？」

「麻貴姫《ひめ》、衣装チェンジですか」

「かもね。こっちの方が似合うような気がする、とかいう毎年恒例《こうれい》の大迷惑《だいめいわく》なアレ。僕の時なんて、当日に『こっちを着ろ』って別の衣装が届いてね。おかげでダンスシーンは大変だったんだから。せっかく前の衣装に慣れたのに、新しいのはふわふわしすぎてて足が絡《から》まるし」

「でも、その分俺がちゃんとリードしてあげたじゃない。衣装の件は、理事長に大賛成だ。確かにあれは、ふわふわの方がかわいかった」

突然《とつぜん》背後からぽんと間に割って入ってきた湊を、那智がキッと眦《まなじり》を吊《つ》り上げて睨《ね》めつけた。

「麻貴ちゃんの衣装も、俺的にはもう少しふんわりした方が好みなんだけど。袖《そで》のとことかウエストはキュッと締《し》まってて、あれはあれでいい」

真剣《しんけん》な顔で語り出す湊を見やる三人は、那智をはじめ皆呆《あき》れ顔だ。

「ほら、麻貴くん。亮司さんが呼んでるよ」

心底呆れ返った眼差《まなざ》しで湊を冷ややかに一瞥《いちべつ》してから、那智は笑顔に戻して麻貴を促《うなが》した。

「あ、そうですね。それじゃあ、ちょっと行ってきます。お疲《つか》れさまでした」

「お疲れさま。明日、がんばろうね」

「はい！」

先輩《せんぱい》に挨拶《あいさつ》をして、麻貴は亮司の待つホールへと逆戻る。

駆《か》け足で去って行く華奢《きやしゃ》な背中を見送りながら、湊がぽつりと呟いた。

「――やっぱ、痩《や》せたな」

「原因は劇の主役のプレッシャー――…」

「じゃ、ないんだろうけど」

篤弘の言葉を引き取るようにして那智が溜《た》め息混じりにぼやく。

「何が原因って、そりゃ――」

そして湊の声を合図に、三人は一斉《いっせい》に同じ方向を振り向くのだった。

✤　✤　✤

「いい天気ですね」

夏本番と言わんばかりの濃《こ》い青空を、麻貴は渡《わた》り廊下《ろうか》を歩きながら額に手を翳《かざ》しジリジリと照りつける太陽を避けながら見上げた。

「…この暑さにスーツはキツイよね」

手団扇《うちわ》で扇《あお》ぎながら、那智がきっちりネクタイを締めた首元を鬱陶《うっとう》しそうに指で引っ張る。

保育士のトレードマークであるエプロンを外しているのは、『出迎《でむか》える職員はスーツを着用するように』との、理事長の指令によるものだ。

いよいよお楽しみ会当日。麻貴にとっては、初参加のイベントである。

園児のお遊戯披露《ゆうぎひろう》がメインのお楽しみ会なので、会場となるホール付近は我が子の晴れ舞台をきっちり収めようと準備万端《ばんたん》な保護者で溢《あふ》れている。園児たちの作品が展示されているロビーも大賑《おおにぎ》わいだ。

「まだ開演まで時間ありますけど、みなさん来場するの早いですね」

「うん。毎年こんな感じ。外は暑いけど、ここは空調設備ばっちりだし展示もあるから、みんな早めに来て涼《すず》みながらおしゃべりしてるんだよ」

午後からイベントが行われる今日は、園の体制も変則的になっている。

受付係を任されている麻貴と那智は、赤絨毯《じゆうたん》の敷き詰められた入り口でドレスアップして来場する保護者にプログラムを手渡《てわた》していた。これが理事長の目論見《もくろみ》通りなのかはわからないが、スーツ姿の職員を目にして黄色い歓声《かんせい》を上げている母親たちの姿をあちこちで見かける。まるでアイドルのコンサート会場にいるようだ。

「すごいですね…」

半ば感心していると、もうこれは慣れなのか、那智は平然とした顔で「劇の時はもっとすごいよ」と余計な情報を寄越《よこ》してきた。緊張《きんちょう》に胃がキリキリと痛む。

「ちょっと、ここ任せてもいいかな？」

那智が目線で示した方向に、亮司が手招きしながら立っている。一緒《いっしょ》にいるのは那智が担当するクラスの園児の母親だった。

「あ、はい。大丈夫《だいじょうぶ》です。行ってきて下さい」

「ありがとう。頼《たの》むね」

人数分用意していたプログラムも残り少ないし、受付は一人で充分《じゅうぶん》だろう。那智もそれを確《かく》認《にん》してから、待っている二人のところへ行ってしまった。

ロビーは賑やかだが、一度ホールに入って席を取ってからまた出てきた人ばかりのようだ。聞こえてくる彼女たちの会話からは、職員劇を楽しみにしている様子がありありと伝わってくる。中には直接麻貴に話しかけてきてプレッシャーを与《あた》えてくれるお母さま方もいて、笑顔がどうにも引き攣《つ》ってしまって困った。

「麻貴先生。こんにちは」

ふいに聞こえてきた軽《かろ》やかなソプラノに、麻貴は内心げんなりしながら顔を上げる。条件反射のように笑顔を浮かべようとして、だがその瞬間《しゅんかん》、ピキッと音を立てて顔の筋肉が強張った。

受付席の前に笑顔で立っていたのは、淡《あわ》いオレンジ色のワンピースを着た須山だった。

心臓が嫌《いや》なふうにざわめき出す。

「…こ、んにちは。須山さん」

どうにか動いてくれた口から出た声はひどくぎこちなかったが、須山は気にならなかったようだ。にっこりと人懐《ひとなつ》っこい笑みを返してくる。

「麻貴先生の白雪姫、太一と二人で楽しみにしているんですよ。がんばってくださいね」

「…はい。ありがとうございます」

裏のない笑顔が、麻貴の胸を無邪気《むじゃき》に傷付ける。

須山はプログラムを受け取ると人込みの中に消えていった。

彼女の華奢な背中が見えなくなった途端《とたん》、麻貴は詰めていた息を肺が空っぽになるまで吐《は》き切った。直後、頭と肩《かた》がズンと重くなって、急激にわけのわからない不安が津波《つなみ》のように押し寄せてくる。

「どうした？　怖《こわ》い顔して」

ハッと顔を上げると、視界いっぱいに湊の顔が広がって、驚《おどろ》いた麻貴は危《あや》うく椅子《いす》から転げ落ちそうになった。大きく傾《かたむ》いた身体《からだ》を、湊が咄嗟《とっさ》にテーブル越《ご》しに腕《うで》を引っ張って立て直してくれる。

「あっぶないなぁ」

「…すみません。びっくりしたんです」

「うん？　ああ、俺があまりにカッコよすぎて？」

「劇のことを考えていたところだったんで」

「…そこは、恥《は》じらいながら頷《うなず》くところでしょう」

盛装姿の湊は、不満そうに唇《くちびる》を尖《とが》らせるという似合わない仕草をしてみせる。だが次には、ふっと眼差しを優《やさ》しく眇《すが》めて、

「緊張する？」

少し低めたトーンで尋《たず》ねてきた。

麻貴はちょっと躊躇《ためら》って、コクリと頷く。

「だよな。こんな広いホールなんか、普通《ふつう》は保育園にないだろ。もう職員劇とかいう次元じゃないよな。アイドルのコンサート並み。金持ちの考えることはわかんないねぇ」

周囲を見回して、軽く肩を竦《すく》めてみせる。

「失敗したらと思うと、胃が痛くなっちゃって……」

「大丈夫だって。見てみろ、こんな立派な会場でも中身はお祭《まつ》り騒《さわ》ぎだよ。子どもたちのかわいいお遊戯を観《み》て、豪華《ごうか》なスイーツを堪能《たんのう》して、最後はキャーキャー言って思い切り騒ぎましょう、って感じ。麻貴ちゃんが白雪姫を演じることに意味があるんだから。多少セリフをとちっても、それもご愛嬌《あいきょう》って、むしろ悦《よろこ》ばれるよ。それに――」

大きな手のひらが、麻貴の頭をぽんぽんと叩《たた》いた。

「あんだけ練習したんだから。自信持ちなさいって」

「……」

「何かあっても、ちゃんと周りがフォローするから」

だから大丈夫、と。湊がにっこりと微笑《ほほえ》んだ。

怖いほどに迫《せま》ってきていた不安の塊《かたまり》が、その瞬間、ふっと嘘《うそ》のように消えてなくなる。

数歩歩いたところですぐに騒がしい母親の団体に捕《つか》まってしまった湊を、麻貴はなんだか不

思議な思いで見やっていると、

「王子様は、いつまでみんなの王子様なんだか」

入れ替《か》わるように、那智が呆《あき》れ声とともに戻《もど》ってきた。

「？」

小首を傾《かし》げる麻貴を横目に、彼は小さく嘆息《たんそく》する。

「さっきの麻貴くんを見てて、二年前の自分を思い出しちゃった」

「二年前？　あ、そっか。那智先生、シンデレラをやったんでしたっけ」

「劇の主役なんて初めてでね」

「そうなんですか？」

これほどの美貌《びぼう》なら学園祭をはじめ引く手数多《あまた》だろうにと、心底意外な顔をすると、那智は困ったように首を横に振《ふ》ってみせた。

「学生時代はそういうの全部断ってたから。でも、社会人になって、これが新人の仕事だって言われたら、断るわけにはいかないでしょう」

遠い目をして、溜《た》め息。

「当日に、理事長の気紛《きまぐ》れで衣装《いしょう》チェンジされるし。ただでさえガチガチに緊張してるのに、急な変更《へんこう》に頭がついていかなくて、もういっぱいいっぱいで――」

手元のパンフレットを、ピンッと指先で弾《はじ》く。

「ただの保育園のお楽しみ会なのに、こんな本格的なホールがあるし。しかも客席はびっしり埋《う》まってるしで、緊張がピークに達して気持ち悪くなっちゃってね。ふらふらになってたら、さっきの麻貴くんみたいに、湊先生がうまく緊張をほぐしてくれたんだよ」

「そうだったんですか」

初耳なそれを麻貴は素直《すなお》にいい話だと思った。だが、その思い出話は彼にとってはあまりいい記憶《きおく》ではないのか、那智は苦虫を嚙《か》み潰《つぶ》したような顔をしている。

「湊先生って、なんかよくわからない人ですね」

「その気がないなら、それくらいでちょうどいいんじゃない？　深く知っちゃうと厄介《やっかい》なタイプだよ、きっと」

「？」

麻貴にはその言葉の意味がいまいち理解できなくて、きょとんと小首を傾げてみせる。

「まあ、麻貴くんには関係ないことだと思うけど」

すると那智はますます理解できないことを呟《つぶや》いて、麻貴に意味深な笑《え》みを寄越したのだった。

いよいよ、お楽しみ会の幕が上がる。

トップバッターは一歳〜二歳児クラス合同のかわいらしいダンスだ。この日のために一生懸《けん》命《めい》作った手作りの飾《かざ》りを手に持ち、先生と一緒に踊《おど》る小さな子どもたちの様子に客席も思わず頬《ほお》がゆるむ。

続いて、麻貴が受け持つ三歳児クラスの登場。彼らが披露《ひろう》するのは様々な動物たちが織り成すオペレッタだ。

練習の甲斐《かい》あってか、子どもたちは今までで一番いい出来の歌と演技を保護者たちに披露した。会場に沸《わ》く盛大な拍手《はくしゅ》に混じって、舞台袖《ぶたいそで》から見守っていた麻貴も心からの拍手を贈《おく》る。やり切った感溢《あふ》れる子どもたちの姿に、ジンと胸が熱くなった。

「すごくよかったよ！　みんな、よくがんばったね」

ステージ上から退場してきた彼ら一人一人の頭を撫《な》でてやる。長い練習期間を経て本番を立派にやり遂《と》げた興奮のせいか、ほっぺたが赤く火照《ほて》っている彼らの笑顔が嬉《うれ》しくて、麻貴は密《ひそ》かに保育士である喜びを嚙み締《し》めたのだった。

続いて四歳、五歳と、それぞれのクラスが最高のお遊戯を披露して、前半の部は大成功に終わる。

一旦《いったん》幕が下りて、これからしばしのティータイム。

ステージのあるホールを出て隣《となり》の大広間に移動すると、そこには目を瞠《みは》らんばかりの数々のスイーツが準備されていた。

好きなものを好きなだけ食べられるバイキング形式が気に入ったのか、子どもたちは大はしゃぎだ。テーブルに並んだスイーツにはそれぞれにきちんと成分表示が書き添《そ》えられていて、アレルギーの子どもたちへの配慮《はいりよ》も完璧《かんぺき》。気合いを入れてドレスアップした母親たちも、有名パティシエ顔負けのスイーツを前に目をキラキラと輝《かがや》かせている。父親たちは彼らで自由に軽食を摘《つま》んだり、こんな時にしか会う機会のない知人との歓談《かんだん》を楽しんだりと、皆《みな》それぞれの時間を過ごしていた。

ゆったりとクラシックの流れる広間から直接出られるようになっている年中色とりどりの花が咲《さ》き乱れる薔薇《ばら》園で、どこからか聞こえてくる小鳥のさえずりを耳にしながら麻貴が子どもたちと宝石のようなプチフールの話で盛り上がっていると、

「麻貴くん、そろそろ抜《ぬ》けて着替《きが》えに行った方がいいですよ」

背後から亮司に耳打ちされた。

「うっ…、そうですね」

薔薇の香《かお》りに混じる甘い匂《にお》いに後ろ髪《がみ》を引かれる思いで、麻貴は控《ひか》え室に向かう。

舞台裏の広々とした控え室では、あちこちで役者が衣装に着替えているところだった。

理事長提供の衣装は、保育園の職員劇というにはどれもこれも細部にまでこだわった作りで、身につける小物やアイテムも本格的。一つ不思議なのは、与《あた》えられた衣装がまるでオーダーメイドのようにぴったりと身体《からだ》にフィットすることだ。サイズを測られた覚えは一切《いっさい》ないのに。

昨日変更されたばかりの衣装に着替え終え薄化粧《うすげしょう》をほどこされてから、これが本当にイミテーションなのかと疑ってしまうほどにキラキラと光り輝《かがや》くアクセサリーを怖々《こわごわ》身に着け、仕上げにウィッグを着けようとした時、麻貴は慣れ親しんだ圧迫《あっぱく》感に包み込まれた。

「おおっ、麻貴ちゃん！　今までもカワイかったけど、さらにカワイくなっちゃって」

後ろからすっぽりと逞《たくま》しい腕《うで》の中に囲い込まれて、更《さら》に頭にすりすりと頬を擦《す》りつけられる。

「湊先生、俺まだ準備できてないんですけど」

「うん？　ああ、これ？　貸して。俺が着けてあげよう」

彼は麻貴の手からウィッグを取り上げると、慣れた手つきで被《かぶ》せてきた。練習時には密かに毎回苦労していたので助かる。

麻貴の胸元《むなもと》でゆるく波打つ毛先を弄《もてあそ》びながら、湊が溜め息をついた。

「かーわいーなぁ。…なんだか惜《お》しくなってきたな」

「え？」

「このままお持ち帰りしたいなぁ」

そう言うと、一旦《いったん》離《はな》れた彼はまたもや背中からぎゅうっと抱《だ》き締めてくる。

正面にロココ調の大型壁掛《かべか》けミラーがあり、そこに映る自分たちの姿を見ると何だか変な感じだ。アイボリーとホワイトの優《やさ》しい色使いのフレームの中に納まる王子の衣装を身につけた湊は本当に童話から抜け出てきたようで、女性たちの黄色い声が飛び交《か》うのが容易に想像できるのだが、一方麻貴の方はあまり似合っているとは思えず、華《はな》やかな湊とはつり合っていない気がする。

「二人とも、準備できた？」

そこへ、鏡の中に美貌の継母《ままはは》が入ってきた。

「わぁ、那智先生、キレイですねぇ」

これには麻貴も目をぱちぱちとさせて思わず見惚《みと》れてしまう。ストイックなスーツ姿から一転、少し気だるげな女装姿は妖艶《ようえん》で、館《やかた》の主人を虜《とりこ》にする魔女役《まじょ》に見事なくらいハマっていた。

もちろん、褒《ほ》め言葉の意味でだ。

「うわっ、なっちゃん、エロ…、ぃてっっ！」

「ありがとう。麻貴くんもすごくカワイイよ」

ヒールで足の甲《こう》をグリグリとやられる痛さは相当なものだったのか、声にならない悲鳴を上げて湊が飛び上がった。

湊の手に撥《は》ね上げられた蜂蜜《はちみつ》色の髪《かみ》を、那智が優しい手つきで元に戻《もど》してくれる。

「そうだ。麻貴くん、ちょっと口開けてみて」

「？…こうですか？」

軽く口を開けると、その中にポイッと何かを放《ほう》り込まれた。その瞬間《しゅんかん》一気に口の中が覚えのある甘さで満たされる。

「……これって」

「麻貴くん限定の緊張緩和剤《きんちょうかんわざい》」

那智がにっこりと微笑《ほほえ》む。

「ちょうどね。向こうにあったから、いくつかくすねて来ちゃった」

「…こんなの、ありました？」

「あったよ。ああ、でも、ちょっと見つけにくいところにあったかも」

「そうですか。知らなかった…」

コロン、と舌の上で転がしたキャンディが、こんな時になって封《ふう》じていた記憶を引きずり出そうとするから、不意打ちを喰《く》らった麻貴は大いに焦《あせ》った。大好きだったはずのいちごみるくキャンディを今は見ることも避《さ》けているとは、那智だって思いもしないだろう。久々に口にしたそれは、舐《な》めているとなぜだか段々苦くなっていくような気がしてこれ以上は口に入れていたくなかったけれど、彼の気遣《きづか》いの手前吐《は》き出すこともできない。

「がんばろうね。みんなが楽しみにしてる。僕たちも楽しんでやろうよ。完璧よりもハプニングを期待してるお客様たちばかりだから、アドリブもありだよ」

例えばこんな感じで、と。嫣然《えんぜん》と微笑んだ那智が、突然《とつぜん》麻貴の頬にチュッと軽くキスをした。あまりに予想外の出来事にギョッとして、麻貴は大きな瞳《ひとみ》をぱちくりとさせる。

「なっ、那智先生？」

「個人的には、継母と白雪姫が手を組んで、軽薄《けいはく》で野蛮《やばん》な王子を罠《わな》に嵌《は》める——……って、話の方が面白《おもしろ》いと思うんだけど。気合いも入るし」

「那智先生…」

黒いドレスの裾《すそ》を鬱陶《うっとう》しそうに蹴飛《けと》ばす那智に、麻貴は思わずプッと噴《ふ》き出してしまった。

笑ったおかげなのか落ちていた気分が少し浮上《ふじょう》してゆっくりと元気が湧《わ》いてくる。麻貴は何かをふっ切るように、カリッと、小さくなったソレを奥歯で噛《か》み砕《くだ》いた。

「がんばりましょうね」

気持ちの切り替《か》え方が、以前と比べて随分《ずいぶん》と巧《うま》くなったような気がする。

那智が一瞬《いっしゅん》目を瞠り、そしてふわりと蕾《つぼみ》が花開くように微笑むと、

「なんか今、娘《むすめ》をお嫁《よめ》にやる母親の心境」

突然《とつぜん》ぎゅっと、正面から抱き締めてくる。

毛嫌《けぎら》いしているわりには、こういうノリは誰かとそっくりなんだけれどと思いながら、麻貴は苦笑《くしょう》を浮《う》かべて那智の肩口《かたぐち》にことりと額を寄せた。


数々の魅惑《みわく》のスイーツを思う存分堪能《たんのう》した保護者や子どもたちは満足げにホールに戻り、全員が客席に着いたところを見計らって後半の部の幕が上がる。

職員劇、『白雪姫』——。

ナレーションのあと、ライトの照らされたステージに白雪姫役の麻貴が登場すると盛大な拍《はく》手《しゅ》と歓声《かんせい》が沸《わ》き上がった。客席の想像以上の反応に一瞬呑《の》まれそうになるも、頭に叩《たた》き込んだ台詞《せりふ》の最初の一文が口からするすると出てくると、徐々《じょじょ》に落ち着きを取り戻して演じることができた。

続いて、場内をうっとりさせた妖艶な継母・那智、またその命令を受ける狩人《かりうど》役の篤弘はいつもの爽《さわ》やかさを封じて野性的な魅力《みりょく》で会場を沸かせながら話は進み、狩人に逃《に》がされた麻貴が森の中で七人の小人と出会う場面に移る。

小人が一人一人登場し、自己紹介《しょうかい》をするシーンは大盛り上がりだった。本当に客席はお祭《まつ》り

騒《さわ》ぎで、サービス精神旺盛《おうせい》な先輩《せんぱい》たちには台本なんてあってないようなものだ。無茶《むちゃ》振りは困るがその辺はさすが彼らのやることで、ストーリーを乱さない範囲《はんい》で麻貴が応じやすいように巧くパスを投げてくれる。ミスも笑いに変えてしまえる臨機応変さに感心しながら麻貴は段々と楽しくなってきた。

コミカルな演技が続く中、白雪姫と継母が化けた老女とのやり取りは緊張《きんちょう》感を持たせることによって観客の興味を引いた。那智の演技の巧さに内心舌を巻きつつ、麻貴は差し出された毒りんごを食べて倒《たお》れてみせる。そこで、一旦《いったん》暗転――。

再びライトが点《つ》くと、舞台は棺《ひつぎ》を囲む七人の小人たちのすすり泣きからスタートだ。

麻貴は棺の中で、胸の上で手を組んで仰向《あおむ》けに横たわっていた。

小人たちの台詞が続き、途切《とぎ》れたところで王子が登場――する予定だったのだが。

「『どうしたのだ？　何をそんなに泣いている』」

聞こえてきたのは確かに王子の台詞だった。しかし、これは明らかに湊の声ではない。

そこで麻貴はハッとして、危《あや》うく劇の最中《さなか》だという事も忘れて飛び起きそうになった。開いてしまいそうになる瞼《まぶた》にぎゅっと力を入れて生唾《なまつば》を飲み込む。一瞬ざわついた客席の反応に、自分の勘《かん》は外れていないのだとはっきり確信した。

「『白雪姫が毒りんごを口にして、倒れてしまったのです』」

「『白雪姫？　白雪姫というのは、この美しい姫のことか？』」

頭上で交わされる台詞を狭《せま》い棺の中で聞きながら、麻貴は鼓動《こどう》が急速に速まっていくのがわかった。

間違《まちが》いない。目を開けなくてもわかる。王子役を演じているのは——鷹邑だ。

頭が激しく混乱する。

どうして湊がいるはずの場所に彼がいるのだろう。湊に何かあったのだろうか。

それにしても、何もよりによって代役に彼を立てなくてもいいではないか。周囲の小人たちがまるで何もなかったかのように演技を続けているのが、麻貴には不思議でならなかった。

「『雪のように肌《はだ》が白い、美しい姫。…とても、息をしていないとは思えない』」

低いがよく通る声が台本通りの台詞を読み上げる。台詞回しも完璧《かんぺき》——麻貴の練習に付き合ったのが、こんな時に役に立っているようだった。

ふいに、頬《ほお》に手が触《ふ》れる。

「『こんな美しい姫に出会ったのは、初めてだ。白雪姫、どうか——』」

触れられた箇所《かしょ》から全身に電流を送り込まれたかのようにビリッと爪先《つまさき》まで痺《しび》れ渡《わた》った。麻貴が寝《ね》かされている棺は観客側の面が見やすいように大きくカットされてはいるが、真っ白な百合《ゆり》の花に埋《う》もれているため細かい動きまではわからない。強張《こわば》って微《かす》かに震《ふる》える顔の横で、白い花びらが揺《ゆ》れて頬を撫《な》でる。

じわりと汗《あせ》の滲《にじ》む手に、狂《くる》ったような心音が伝わってくる。頭の中で何度も、劇に集中しろと必死に自分に言い聞かせた。

「『——どうか、もう一度目を開けて』」

間近で、鷹邑が切なげに語りかける。

『そして、わたしに微笑んでもらえませんか…』」

薄《うす》い瞼《まぶた》越《ご》しに影《かげ》が落ち彼の顔が近付く気配に、麻貴は今すぐにでも目を開けてここから逃げ出したい衝動《しょうどう》を懸命《けんめい》に堪《こら》えていた。

どうか、早く終わってほしい——。

フリだけのキスシーンは、顔を上げる王子にこっそりと肩《かた》を叩かれてから白雪姫が目を開けることになっていた。だがしかし。

「——っ！」

肩に合図をもらうより先に、唇《くちびる》が塞《ふさ》がれて一瞬頭が真っ白になる。

やわらかい羽根に撫でられたようなその感触《かんしょく》に、麻貴の思考回路は完全に停止してしまった。

思わずパッと目を開ける。突如《とつじょ》、至近距離《きょり》から見下ろしてくる鷹邑と音がするほど烈《はげ》しく視線がぶつかった。その瞬間、ふっと時間が止まったような錯覚《さっかく》に、呼吸をするのも忘れる。

「『白雪姫！』」

茫然《ぼうぜん》とする麻貴の時計を動かしたのは、小人たちの歓声だった。

ハッと我に返り、麻貴はほとんど条件反射のように身体《からだ》を起こす。

「『…私は、一体どうしたのかしら？』」

その後は——何がどうなったのか、よく覚えていない。

気がついたら、明るいライトの下で盛大な拍手喝采《かっさい》を浴びていたからだ。これも必死になっ

て練習した成果なのか、無意識のうちにも身体は勝手に動いてどうやら白雪姫を最後まで演じきったらしい。不安に駆《か》られて辺りに視線をめぐらせるが、観客席は見ての通り大満足なようだし、ステージ上の反応をこっそり横目に窺《うかが》ってみても皆《みな》心からの笑顔《えがお》。隣《となり》から那智に「お疲《つか》れさま」と笑顔で言われて、いろんな意味で目頭《めがしら》がじわりと熱くなった。

ひとまずは迷惑《めいわく》をかけることなく無事にやり遂《と》げたことに、心の底からホッとする。

真紅《しんく》の緞帳《どんちょう》が下り、舞台袖《ぶたいそで》に下がったところで、気が抜《ぬ》けたのかカクリと膝《ひざ》の力が抜けた。

その拍子《ひょうし》にドレスの裾を踏《ふ》んでしまいグラリとバランスを崩《くず》す。つんのめった身体を麻貴は咄嗟《とっさ》に壁《かべ》に手をついて支えようとしたが、その寸前で背後から伸《の》びてきた別の腕《うで》に腰《こし》を掬《すく》い取られた。

「何をやってるんだ」

突如襲《おそ》った激しい既視《きし》感に、心臓が壊《こわ》れるかと思うほどに跳《は》ね上がる。

「危ないだろう。そこ、段になってるぞ」

耳元で聞き慣れた声に囁《ささや》かれて、途端《とたん》胸が痛いほどに打ち震えた。耳朶《じだ》にかかる吐息《といき》にゾクゾクッと脳髄《のうずい》が痺れ、何かを察した本能が早く逃げろと頭の中で叫《さけ》ぶ。

「…すみません」

麻貴は腰に絡《から》みつく腕からどうにかして逃《のが》れようと必死に身を捩《よじ》った。するとあっけないほど簡単に離《はな》してくれたかと思った次の瞬間《しゅんかん》、鷹邑は壁に両手をつき麻貴を囲い込んでしまう。

そして、背後から鼓膜《こまく》に吹《ふ》き込むようにして告げてくる潜《ひそ》めた声。

「蓮宮。後で話がある。片付けが終わった後、調理室に来てくれ。待っているから」

首筋を撫でる微かな息遣《いきづか》いにさえ、麻貴の肩は我知らず切なげに揺れてしまう。

「今日は、逃げるなよ」

「…っ」

更《さら》に一段と低い声で念を押すと、鷹邑は石化した麻貴からゆっくりと離れて一人先に行ってしまった。

「麻貴くん？　どうかしましたか？」

茫然と壁にもたれかかっていた麻貴に、通りかかった亮司が心配そうに声をかけてきた。

「あ…」

「劇、とてもよかったですよ。お疲れさまでした。疲れているようですけど、大丈夫《だいじょうぶ》ですか？　もう少しがんばってくださいね。この後、最後に子どもたちの出番があるので少し急がないといけません」

「あ、すみません。大丈夫です。今行きますから」

子どもたち、と言われた途端、麻貴の頭の中で即座《そくざ》にスイッチが切り替《か》わる。

職員劇が終わったとはいえ、まだお楽しみ会の真っ最中だ。客席では子どもたちのお遊戯《ゆうぎ》を楽しみにしている保護者が彼らの登場を待っている。

「あの、湊先生は何かあったんですか？」

素早《すばや》く衣装《いしょう》を着替《きが》え終えて、亮司と一緒《いっしょ》にすでに廊下《ろうか》に並んで出番を待つ園児たちの許《もと》へと急ぎながら、ふと尋《たず》ねてみた。

「湊くんですか？　ああ、ちょっと具合が悪くなったようで、急遽《きゅうきょ》鷹邑くんが代役を買って出てくれたんですよ。それにしても彼、上手でしたね。麻貴くんと一緒に練習していたと聞いたのですが」

「全体練習が始まる前に、少し…台本読みに、付き合ってもらってたんです」

「そうだったんですか。でも、助かりました。突然《とつぜん》の事でどうなるかと心配したのですが。麻貴くんも代役の相手が鷹邑くんで、安心したでしょう？」

亮司の言葉に、麻貴は曖昧《あいまい》に笑って返事を濁《にご》す。隅々《すみずみ》まで気を張っていないと、ただでさえ脆《もろ》くなっている涙腺《るいせん》が今にも決壊《けっかい》しそうだった。


お楽しみ会は大成功のうちに幕を閉じた。

拍手《はくしゅ》付きで演劇の感想をくれるニコニコ顔の園児や大満足した保護者を、麻貴は笑顔で見送り、その後ホールに戻《もど》って職員皆で手分けした後片付けもあらかた終わった頃《ころ》――。

「みなさん、今日は一日お疲れさまでした」

解散の声がかかり、大イベントが無事終了《しゅうりょう》したことに皆ホッとしながらそれぞれ散っていく。

麻貴は衣装をしまった箱を運ぶために、直接ロッカールームに向かう集団と一旦《いったん》別れた。明日業者が引き取りに来るので園舎の遊戯室に一時保管しておくのだ。

台車から下ろした箱を壁際《かべぎわ》に積み上げて、遊戯室を出る。

薄暗い外廊下を抜け、明るい園舎に入ったところで、唐突《とうとつ》に心臓が思い出したように高鳴り始めた。

「う…わっ、ヤバイ」

動悸《どうき》の激しい胸を押さえながら、麻貴は思わずその場にしゃがみ込んだ。

——…調理室に来てくれ……今日は、逃《に》げるなよ
鼓膜を脅《おど》かす鷹邑の声が壊れたレコードのように何度も再生されて、膝が勝手にガクガクと震え出す。

「…どうしよう、怖《こわ》い」

無意識に唇を触《さわ》ってしまい、途端そこに触れた彼の感触が蘇《よみがえ》る。

「何で、あんなこと……」

百合の花が隠《かく》してくれたけれど、あの瞬間、確かに麻貴の唇に鷹邑のそれが触《ふ》れたのだ。

指、ではなかったと思う。びっくりして反射的に目を開けたとき、まだ息がかかるほど間近に顔があった彼の両手は、しっかりと棺《ひつぎ》の枠《わく》を掴《つか》んでいたのだから。

何か物言いたそうな切なげな眼差《まなざ》しが脳裏《のうり》に映し出されて、心臓が煩《うるさ》いくらいに早鐘を鳴らしだす。

彼は、一体何がしたかったのだろうか。

客席には須山も太一もいたのに――。

思った瞬間、ゾクリと背中の溝《みぞ》を氷塊《ひょうかい》が滑《すべ》り落ちたような悪寒《おかん》がした。言い知れない恐怖《きょうふ》が込み上げてきて、心臓がヒヤリと冷える。

二人とお別れの挨拶《あいさつ》をした時、自分はきちんと笑えていただろうか。おそらく手を振《ふ》って見送ったはずなのに、その時の光景がまったく思い出せない。

不安がドッと津波《つなみ》のように押し寄せる。

くらりと眩暈《めまい》がして、貧血のような症状《しょうじょう》に咄嗟に床《ゆか》に手をついて身体を支えたその時、廊下の向こう側からガヤガヤと声が聞こえてきた。早々と帰宅準備のできた先輩《せんぱい》たちが、ロッカールームから出てきたようだ。

手放しかけた意識がハッと瞬時《しゅんじ》に引き戻される。

半ば意地で立ち上がったところに、タイミングを見計らったように廊下を曲がって現れたのは職員劇で小人役を務めた美形保育士集団だ。

「あれ？　マキマキがこんなところで迷子になってる」

「遊戯室に行ってたんですよ」

「白雪姫、かわいかったよぉ。あー、俺が王子役代わりたかったぁ」

「しっかし、鷹邑には驚《おどろ》いたな」

「湊がブツブツ愚痴《ぐち》ってうるさいのなんのって」

それぞれが好き放題言う中、麻貴はふと気になって尋ねた。

「そういえば、湊先生は大丈夫なんですか？」

その途端、彼らはなぜだか一斉《いっせい》にきょとんとした顔をしてみせる。一瞬しんと静まり返り、直後突然プッと誰かが噴《ふ》き出した。

「あいつはもうピンピンしてるよ。今日は自棄酒《やけ》じゃねぇの？」

「自棄酒？」

「だって、せっかくの王子役をとられちゃったんだもーん」

ゲラゲラと笑い出す先輩たちをぽかんと見やりながら、麻貴は内心首を捻《ひね》る。湊はそんなにこの職員劇に思い入れがあったのだろうか。

一緒に舞台《ぶたい》に立てなかったのは残念だったけれど、酒が呑《の》めるのなら身体《からだ》の方は心配するほどのことはないのだろう。お楽しみ会が終わりホールの外に見送りに出ている時はまだ調子が戻ってなかったのか、母親たちに囲まれて苦笑いしている彼を遠目に心配していたのだけれど。

「お疲《つか》れさま。また明日ね」

「はい。お疲れさまです」

全員がこれが挨拶だとでもいうように立て続けに麻貴の頭をくしゃくしゃと掻《か》き混ぜて、手を振りながら去って行く。

彼らの姿が見えなくなった途端《とたん》、ふっと自分の顔から笑みが消えるのがわかった。

一時収まっていた胸の動悸がまた再発する。

ちらと振り返ると、垣間見《かいまみ》える明かりを絞《しぼ》った廊下に横から別の光が伸《の》びて重なっているのが見えた。

調理室にまだ電気が点《つ》いている証拠《しょうこ》だった。

傍《はた》から見れば苛立《いらだ》つほどのスピードでのろのろ着替えているうちに、いつのまにかロッカールームには誰もいなくなってしまっていた。

これは都合がいいのか悪いのか。

シャツの最後の釦《ぼたん》を留めながら、麻貴は深々と溜《た》め息をつく。

バッグを持ち上げると、いつもと変わらないはずなのにドスンと石が詰《つ》まっているかのように腕《うで》が下に引っ張られた。重たい足を引きずりながら部屋を出る。

しんと静まり返った長い廊下。

ちらと職員玄関の方を見て、このまま帰ってしまおうかと一瞬考える。

けれどもこの先も『さくらおか』で働いていく以上、ここではっきりとさせておくべきだという考えが逃げようとする足を思い留《とど》まらせた。

つまり、鷹邑の行動が麻貴の口止めが目的だと言うのならその心配はいらないし、単なるからかいなら今後一切《いっさい》そういうことはしないでほしいと、きっぱり告げなければいけない。

そして、これまでのことはすべてなかったこととして忘れるから、これから先も職場の先輩《せんぱい》後輩《こうはい》として普通《ふつう》に付き合っていきたい——と。

言うべき事がはっきりすると、あとは深呼吸をして表情を繕《つくろ》う。最近弛《ゆる》みがちの涙腺に何があっても持ち堪《こた》えろと言い聞かせた。

その突《つ》き当たりが調理室になっている廊下に、あと一歩で出ようかという寸前。

誰もいないはずの正面玄関の方に人の気配を感じて、麻貴は踏《ふ》み出そうとした足を咄嗟《とっさ》に引っ込めた。不思議に思って壁陰から首を伸ばすようにして様子を窺《うかが》う。

「…え？」

次の瞬間《しゅんかん》、麻貴は反射的に顔を引いて背中をべたりと壁《かべ》に張り付けていた。

頭が激しく混乱している。今自分の目で見た光景が、巧《うま》く脳で処理できなかった。

どうして、随分《ずいぶん》前に帰ったはずの須山親子がここにいるのだろう。

どうして、鷹邑と一緒《いっしょ》に話しているのだろう。

その時、軽《かろ》やかなソプラノの笑い声が夜の廊下《ろうか》に響《ひび》いた。

「——っ」

グッ、と両の拳《こぶし》を握《にぎ》る。

調理室へ行くには、この廊下を通るしかないのはわかっているくせに。ここを曲がれば背中を向けることになるとはいえ、玄関に面した廊下に立っている鷹邑からは丸見えだ。

彼は、本当に何がしたいのだろうか——？

疑問が、フツフツと苛立ちに変わる。

二人の仲を見せつけたいだけなら、あまりにも悪趣味《あくしゅみ》。あるいはそうすることで、麻貴が密《ひそ》かに抱《だ》いている想《おも》いに勘付《かんづ》いていた彼の方からすっぱり断《た》ち切ってやろうと思ったのか。

大きなお世話だと思う。

確かに、泣いてしまうほどに好きだったけれど――……もう、やめたのだから。

鷹邑に迷惑《めいわく》はかけていないはずだった。それこそ、おかしなちょっかいをかけてくるのはいつだって向こうの方なのだ。そのたびに麻貴ばかりが苦しくなって泣くのは、もう嫌《いや》だ。

麻貴はくるりと踵《きびす》を返した。

ころころとかわいらしい鈴《すず》の音のような笑い声が頭痛を誘《さそ》う。

ゆっくりと身体中の熱が冷めていく感覚は、どこか奇妙《きみょう》なものだった。あれほど活発だった心臓までが静かにひんやりと冷たく凍《こお》っていく。

物音を立てないように廊下を逆戻《ぎゃくもど》って、麻貴は一人で職員玄関を出た。外に出るとむっと熱気を含《ふく》む夜気に包まれて不快に眉《まゆ》を寄せた時、もう誰もいないはずの玄関先でふいに声をかけられて驚く。

「あれ？　麻貴ちゃん」

「湊先生？　新南さんも」

玄関先にしゃがみ込んでいた湊が立ち上がって、不思議そうに目をしばたたかせた。

「麻貴ちゃん、一人？」

「そうですけど。湊先生、体調はもう大丈夫《だいじょうぶ》なんですか？」

「ん？　あ、ああ、うん。少し休んだらすっかり良くなったみたい。ゴメンね。麻貴ちゃんにも迷惑かけちゃったよな」

「心配しましたよ。でも治ったのならよかったです」

「……いい子だなぁ、麻貴ちゃんは」

しみじみと言って、湊が麻貴の頭を撫《な》でた。

「ところで麻貴ちゃん、なんで一人なの？　もう帰っちゃうの？」

「…？　帰りますよ？　湊先生たちはまだ帰らないんですか？」

どうやら人待ち顔の彼らに麻貴が尋《たず》ねる声と、湊がぼそっと「情けねぇヤツ…」と舌打ち混じりに吐《は》き捨てた声が重なる。

「え？」

「うん？」

一瞬顔を見合わせたその時、湊の手の中で携帯《けいたい》が震《ふる》え出した。メールを受信したのか、画面を見た彼は少し慌《あわ》てたように言う。

「やばっ、ニーナさん。時間、マズイ。もう行かないと」

「は？」

夜空を仰《あお》いでいた新南が振《ふ》り返って僅《わず》かに眉根を寄せた。

「ノンちゃんならどうせ通ってくる道は決まってるんだから。連絡《れんらく》して適当なとこで待ち合わせよう。あの人たち時間にウルサイからさ。ほらニイサン、行くよ」

「……はいはい」

湊に急《せ》かされ、頭を掻いた新南は小さく溜め息をついた。

この後もまだ何か用事があるのか急に忙《いそが》しそうにし出した二人の様子を、麻貴は大変だなと他人事《ひとごと》のように眺《なが》めていると、湊が思い出したように振り向いて言った。

「あ——そうだ。麻貴ちゃん、ちょっと頼《たの》まれてくんないかな」

「え？　何ですか？」

「俺さ、もう行かなきゃいけないから。これを調理室に置いてきてほしいんだけど」

そう言いながら彼がバッグから取り出したのは、デニム地のエプロンだ。

「ホントはノンちゃんに頼もうと思ったけど、ちょっと時間的に無理だし。麻貴ちゃん頼む。目につくところに置いとくだけでいいから。むこうもそれでわかるだろうし」

半ば強引《ごういん》にエプロンを麻貴に押し付けて、湊はお願い、と片目を瞑《つぶ》ってみせる。

「え？　ちょ、ちょっと、湊先生」

「じゃあね、麻貴ちゃん。また明日」

「麻貴たん、お疲れさま」

「ええっ、待って——」

引き留めようとする麻貴の焦《あせ》り声に構うことなく、彼らは笑顔《えがお》でひらひらと手を振ると、啞《あ》然《ぜん》とする麻貴を一人残してさっさと帰ってしまったのだった。

8

静かな玄関先に一人ポツンと立ち尽《つ》くして、麻貴は茫然《ぼうぜん》と呟《つぶや》いた。

「どうしよう…」

湊に押し付けられたエプロンが、重い枷《かせ》のように感じられる。

彼の会話を思い返して察するに、このエプロンはおそらく鷹邑の物なのだろう。どういう経《けい》緯《い》があって湊が鷹邑のそれを持っていたのかは知らないが、調理室に置いて来るだけなら望を待っている間にでも新南に頼めばよかったのに。いや、そんなことをしなくても自分で持っていけばいいのだ。いくら湊と鷹邑の仲が悪いとはいえ、このくらいの接触《せっしょく》は本人同士でやってもらいたい。よりによって、このタイミングで彼らの仲介人《ちゅうかいにん》に麻貴を使うなんて——。

「はあ、どうしよう」

盛大な溜《た》め息が爪先《つまさき》に落ちた。

どうして、ついさっき逃《に》げてきたばかりの場所に再び戻《もど》らないといけないのだろうか。つくづくツイてないと思う。

手元の届け物をこの場に置いて帰ってしまいたかったけれど、手渡《てわた》しで預かった以上そうもいかず、麻貴は観念して踵を返した。

少し迷って、職員玄関《げんかん》から入らず裏から回ることにする。

休憩室《きゅうけい》やロッカールームなどのある職員棟《とう》を越《こ》えて、その先が調理室になっている。昼間は青々とした芝生《しばふ》に覆《おお》われた庭も、夜になると奇妙な影《かげ》の塊《かたまり》と化すだけで少し不気味だった。

ポッン、と一ヶ所だけ、煌々《こうこう》と芝生が浮《う》き上がって見える場所がある。

そのもとが明かりの点《とも》る調理室だと認めた途端《とたん》、心臓が不規則に跳《は》ね上がった。

部屋は明るいのでまだ勝手口は開いているはずだ。だが、そこに鷹邑がいるのかはわからなかった。麻貴が先ほど見かけた時、彼は正面玄関で須山と楽しげに喋《しゃべ》っていたのだから。

ドアを開けて、もし鷹邑とご対面してしまったら一体どうしていいのかわからない。こうなればもう、彼がまだ調理室に戻っていない事を願うだけだった。

大学入試以来の神頼みをして、麻貴は覚悟《かくご》を決める。

調理室の大きな窓に近寄り、窓枠《まどわく》に指を引っ掛《か》けてそろっと目だけを覗《のぞ》かせる。視線をぐるりとめぐらせて、そして心の底からホッと胸を撫で下ろした。

「…なんだ」

窓越しに確認《かくにん》できた厨房《ちゅうぼう》には、どうやら誰もいないようだった。

今がチャンスだ——。

鷹邑はいずれここに戻って来るだろうから、エプロンはカウンターの上に置いておけば気づくに違《ちが》いない。

麻貴は勝手口のドアに手をかけた。念のため物音には細心の注意を払《はら》って、ゆっくりとノブを回す。

細い隙間《すきま》からもう一度中の様子を窺《うかが》って、気配がないことを再確認するとそろりと忍《しの》び込んだ。続き部屋になっている奥にも、人気《ひとけ》がないのを確認する。

白を基調とした清潔な厨房はしんとしているが、作業中とわかる痕跡《こんせき》があった。中央の広々としたワークトップカウンターには調理器具がそのままになっている。

鷹邑は作業を放《ほう》り出して、まだ須山と話しているのだろうか。

さっきまではその方が都合がいいと思っていたくせに、今になってチクリと痛む自分の胸が腹立たしい。

早く、ここから出よう——。

無意識に握《にぎ》り締《し》めたエプロンを銀のボウルの横に置こうとしたその時だ。

ふいにカチャリと音がして、その瞬間《しゅんかん》心臓が口から飛び出しそうになった麻貴は、モグラ叩《たた》きのモグラよろしく、頭をハンマーで叩かれたようにぴょんとしゃがみ込んだ。咄嗟《とっさ》に悲鳴を上げそうになった口を押さえて、急いでカウンターの陰《かげ》に身を潜《ひそ》める。

聞こえてきた足音は、何をそんなに急いでいるのかやけに慌《あわ》ただしい様子で迷うことなく一直線にこちらに向かってくる。隣《となり》の事務室で少しでも留《とど》まってくれたらいいのに、これでは勝手口から逃げる暇《ひま》もない。距離《きょり》が縮まるにつれて、鼓動《こどう》が異常なほどに速度を増していく。

磨《みが》き抜《ぬ》かれた厨房の床《ゆか》をカツン、と靴底《くつぞこ》が叩いた。

冷たい音に反応して、心臓がいちいち底から突《つ》き上げられたかのようにビクンッと大きく跳ね上がる。置き忘れたエプロンをぎゅっと胸に抱《だ》きしめ、息を殺しカウンターにへばりつくようにして恐る恐《おそ》る覗き見ると、縦長のカウンターのちょうど反対側に姿勢のいい鷹邑の立ち姿があった。鋭角《えいかく》的な横顔に微《かす》かな焦りが窺われる。

麻貴の視線の先で、まだ制服姿の彼はカウンターの上に並べてある調理器具を一瞥《いちべつ》すると苛《いら》立《だ》たしげに舌打ちしてみせた。明らかに不機嫌《ふきげん》なのは険しい表情から一目瞭然《りょうぜん》だ。

身を潜めながら、麻貴はこれからどうしたらいいものか必死に思考をめぐらせる。

そこへ苛立ちが収まらない様子の鷹邑が手元のホイッパーをカシャンッ、と乱暴にボウルに叩きつけた。静かな空間に突如《とつじょ》鳴り響《ひび》いた耳障《みみざわ》りな金属音にビクリと驚《おどろ》いた麻貴は、文字通り飛び上がった拍子《ひょうし》に肘《ひじ》をカウンターの側面にぶつけてしまう。ドンッと鈍《にぶ》い音がすぐ後ろで鳴り、ビリッと電流が流れたように肘が痺《しび》れる。

しまった、と思った時にはもう遅《おそ》かった。

「──誰だ」

地を這《は》うような低い声に鋭《するど》く問い詰《つ》められて、麻貴はもうダメだと思った瞬間、いきなり電池が切れた玩具《おもちゃ》のようにすとんとその場にへたり込んで硬直《こうちょく》してしまった。

床を鳴らす靴底の音がゆっくりと麻貴を追い詰めるように近付いてくる。そして、頭上からさっと差した影。

「──蓮宮？」

「っっ‼」

見つかった、と思うと同時に一瞬目の前が真っ暗になった。咄嗟に怒《おこ》られると思い込んで恐《きょう》怖《ふ》にぎゅっと目を瞑る。

「お前…、帰ったんじゃなかったのか。何でこんなところに……」

ところが小刻みに震える耳朶《じだ》に聞こえてきた声は想像と違い、怒気《どき》など一切《いっさい》ないむしろどこかホッと安堵《あんど》したようなもので、幾分《いくぶん》拍子抜けした麻貴は反射的に閉《と》ざした瞼《まぶた》をゆるゆると持ち上げた。すると、突然《とつぜん》頭をくしゃりと撫《な》でられる。

「おい、どうした？　気分でも悪いのか？」

優《やさ》しく尋《たず》ねられて、ふいに胸がきゅっと締め付けられるように苦しくなった。喉元《のどもと》に熱が溜まって、堪《こら》え性《しょう》のない涙腺《るいせん》が瞬《また》く間にゆるみ出す。

滲《にじ》みかけたものをどうにかぐっと抑《おさ》え込んで、麻貴はふるりと首を振《ふ》った。鷹邑が「そうか」と小さく息をつく。

「……さっき、ロッカールームを覗いたら電気が消えてて。シューズボックスにも上履《うわば》きしかなかったから、てっきりまた逃げられたのかと思った」

目線を合わせるようにしゃがみ込んだ鷹邑と間近で視線を交《か》わすことになって、咄嗟に顔を伏《ふ》せる。髪《かみ》を撫でていた手がそっと耳に触《ふ》れてゾクゾクッ、と産毛《うぶげ》が逆立った。二人の間に流れる空気が密《ひそ》かに変化していく気配に息もできない。

「よかった。来てくれて」

「お、俺は、これを届けに来ただけで…っ」

いたたまれなさに耐《た》え切れなくて、麻貴はこれ以上彼との距離を縮めないために胸元《むなもと》に抱きしめていたそれを鷹邑に押し付けた。麻貴の唐突《とうとつ》な行動に鷹邑が軽く目を瞠《みは》る。

「エプロン？　蓮宮のか？」

「ち、違《ちが》います。湊先生から預かったんです。それをここに届けてほしいって。だから、俺は湊先生に言われてここに来ただけで……」

「また、立花か」

語尾《ごび》に被《かぶ》せるように、それまでとは一転して思わずゾクリとするような冷ややかな低音が吐《は》き捨てるように言った。いきなり空気が変わったのを半ば本能で察し、麻貴は尻餅《しりもち》をついたまま無意識に床の上を後退《あとずさ》る。が、すぐにカウンターに背中が当たり、せっかくあけた僅《わず》かな距離も一瞬で縮められてしまう。

険しい顔をした鷹邑が低い声で続けた。

「あいつにこれを頼《たの》まれなかったら、お前はここに来るつもりはなかったってことか」

「それは……」

「あいつの言うことなら何でも聞くんだな。立花に頼まれたら、会いたくもない俺にでもこうやってお使いしてくれるわけだ。俺が何を言っても逃げるくせに」

「ちがっ！　俺はちゃんと会いに行こうと思って…っ！」

皮肉めいた口調に思わずカッとなって本音が口をついて出た。一瞬押し黙《だま》った鷹邑を麻貴はキッと眉《まゆ》を跳ね上げて見詰《みつ》め返す。

「でも鷹邑さん、須山さんと一緒《いっしょ》にいて……、楽しそうに話してたし、俺のことなんて別にどうでもいいみたいな感じで……」

次第《しだい》に弱々しくなる声。眉尻《まゆじり》が徐々《じょじょ》に下がり、視線も下を向く。

「いいんですか？　こんなところにいて。待ってるんじゃないんですか、…彼女。俺に話…があるなら、別に明日でも……え？」

いきなり顎《あご》を掬《すく》い取られたかと思った次の瞬間、咬《か》みつかれるようにして唇《くちびる》を奪《うば》われた。

「……んんっ」

歯列を割って強引《ごういん》に潜《もぐ》り込んできた舌に口腔《こうこう》を思う様貪《むさぼ》られて、あっという間に身体《からだ》中の力が抜けてゆく。呼吸するタイミングを上手《うま》く摑《つか》めず、頭が酸欠でくらくらする。

「……ん……ふっ……」

何度も角度を変えて深いくちづけを交わし、喉《のど》を鳴らし飲み込む唾液《だえき》もどちらのものかわからないほどぐちゃぐちゃに混じり合っていた。濡《ぬ》れた唇の端《はし》からあふれ出た雫《しずく》を熱い肉厚の舌がゆっくりと舐《な》め取る。そのまま顎を辿《たど》り、首筋に吸い付くように唇が押し当てられた。薄《うす》い皮膚越《ひふご》しに与《あた》えられる刺激《しげき》に、自分のものとは思えないほどに甘い悲鳴が麻貴の口から漏《も》れる。

その時、ドアをノックする音が室内に響き渡《わた》った。

「——……っ！」

霧散《むさん》していた思考が一瞬にして冷え固まり、麻貴は即座《そくざ》に我に返る。

「鷹邑くん？　鍵《かぎ》を持ってきたのですが……いますか？」

ちょうど死角になっていて姿は確認できないが、のんびりと聞こえてきた声は亮司のものだ。

ハッとした麻貴は鷹邑の隙《すき》をつき彼を押し剝《は》がして立ち上がった。急いですぐそこにある勝手口に向かって走ろうとするが、だがその途端《とたん》二の腕《うで》を摑まれて強い力で引き戻《もど》される。

「や――っっ」

咄嗟に叫《さけ》ぼうとした口を大きな手で塞《ふさ》がれた。背後から麻貴を抱き込むようにして、鷹邑は普段《ふだん》と変わらない口調で隣室《りんしつ》に向けて声を張る。

「すみません。今、手が離《はな》せないんで、そこのテーブルに置いておいてもらえますか」

「ん――ん――…っ」

手を振り上げて暴れていると、突然耳朶《とつぜんみみたぶ》を甘嚙《あまが》みされてゾクン、と背筋が戦慄《わなな》いた。ぬるっと生温かい感触《かんしょく》に耳の中を舐られると腰《こし》が震《ふる》えて、立っているのすら辛《つら》くなる。

信じられない――。

すぐ隣の部屋には亮司がいるのだ。厨房《ちゅうぼう》とを仕切るドアは開け広げたままの状態で、彼が少しでもこちら側に近付いてきたらあっという間に二人の姿は丸見えになってしまう。こんな現場を亮司に見られでもしたら一体どうする気だと、口を塞がれたまま麻貴は無理やり首を捻《ひね》って鷹邑を非難の眼差《まなざ》しで睨《にら》み付けた。

「それでは、鍵をここに置いておきますね。あとは職員玄関《げんかん》だけですから、よろしくお願いします」

「はい。お疲《つか》れさまです」

「……っ」

だが、鷹邑は澄《す》ました顔であろうことか麻貴の下肢《かし》にまで手を伸《の》ばしてくる。ジーンズ越しに意味深な手つきでまさぐられて、麻貴は思わず甲高《かんだか》い声を上げそうになった。大きく仰《の》け反らせた顎《あご》をいやらしく這う舌の動きにビクビクッと爪先《つまさき》が跳《は》ねる。

「お疲れさま」

「――、――……」

穏《おだ》やかな癒《いや》し声がひどく遠くに聞こえて、やがて静かな部屋に落ちる微《かす》かな金属音。

ようやく口を塞いでいた手が離れ、だが上手《うま》く自分の足では立てずもたれながら喘《あえ》ぐような呼吸を繰《く》り返す麻貴の耳に、鷹邑は唇を寄せてわざとゆっくり囁《ささや》いた。

「――これで、二人きりだ」

刹那《せつな》、檻《おり》に閉じ込められたような恐怖心が込み上げ、熱いものがぶわりと目の縁《ふち》に浮《う》かび上がる。背後で息を呑《の》む気配がした。

「蓮宮？」

「何で、こんなことするんですか？」

涙《なみだ》に打ち震える声に、鷹邑が押し黙る。

「須山さんとのことなら、俺は誰にも言いませんし……だから、嫌《いや》がらせするの、やめてください。…からかってるだけなら…俺、もうこんなの、嫌です……」

ひっく、と喉が鳴り、すると麻貴を囲い込んでいた腕の力が戸惑《とまど》うようにしてゆるんだ。一旦《いったん》外れかけた腕は、今度は腫《は》れ物に触《さわ》るような手つきでそっと麻貴を包み込んでくる。

「……悪かった。でも、俺はそんなつもりでお前に触れたんじゃない」

麻貴を背中越しに抱きしめた鷹邑は僅かに逡巡《しゅんじゅん》するような間を置いて、「その前に、誤解を解いておかないとな」と前置きしてからこう続けた。

「須山さんは、これを見せに来てたんだよ」

「――……、え？」

おもむろに目前に差し出されたそれをぼやけた視界に映して、麻貴は一瞬《いっしゅん》きょとんとなった。

「……何ですか、これ」

思わず訊《き》き返してしまったそれは、一枚の写真だ。写っているのは、グリーンピースの目とケチャップの鼻を持つ、いかにも手作りらしいウサギ形のハンバーグ。

緊迫《きんぱく》した空気を一瞬で一掃《いっそう》してしまうかわいらしさには、麻貴も思わず泣いていたことも忘れて見入ってしまう。

涙に濡れた睫毛《まつげ》をまたたかせて、麻貴はゆっくりと首《こうべ》をめぐらせた。目尻《めじり》に溜《た》まった水滴《すいてき》を指でそっと払《はら》いながら、鷹邑が軽く頷《うなず》いてみせる。

「その写真を、蓮宮にも見せたかったらしい」

「――え？」

「ピーマンやニンジンが嫌《きら》いな太一くんに、どうしたら野菜を食べさせることができるのか、って相談を受けたことがあったんだ。だから、まずは細かく刻んでいつも食べているものに混ぜてみるのがいい。できるならそのままの形じゃなくて、子どもの好きな動物やキャラクターの形に変えてみるとそっちに目がいって味は二の次になるから、ってアドバイスをしたんだよ。食べられたら今度は少しずつ形を見せて、前も食べたから大丈夫《だいじょうぶ》だって苦手意識をなくしていけばいい。――その第一弾《だん》が、そこに写っているハンバーグだ」

説明を続ける鷹邑。

「太一くんの大好きなハンバーグを作ったらしいんだ。その中にこっそり野菜を刻んで混ぜても、太一くんは気がつかずに全部ぺろっと食べたらしい。それは、ハンバーグが上手く出来たからって、お母さんがデジカメで記念に撮《と》った写真だよ。さっきカメラ店に現像の上がった写真を取りに行って、その帰りに園の明かりがついていたから、ちょうどいいと思って写真を持って寄ってみた……」

というのが事の真相だ――と。話し終えた彼は頭上で小さく息をついた。その下で、麻貴は混乱し出した頭で必死に記憶《きおく》を辿る。

「ちなみに、今までの須山さんとの会話の内容は、全部太一くんと、あとはひどい偏食《へんしょく》家の彼女の再婚《さいこん》相手の食事相談だ」

「再婚相手⁉」

寝耳《ねみみ》に水な事を教えられて思わず語尾《ごび》が上がった。

「さっきも、これから太一くんと一緒《いっしょ》にその男の家に行くんだ、って言ってたぞ」

ところが、鷹邑は随分《ずいぶん》と前から知っていた話らしく、何でもないように続ける。

「ああ…あと、例の日曜日のことは、偶然《ぐうぜん》スーパーで出会っただけだ。一緒に献立《こんだて》を考えながら、買い物する彼女に付き合って…その後、レシピを詳《くわ》しく教えてほしいって言う彼女に、お茶に付き合えってカフェに連れて行かれたんだよ」

「……」

「その彼の誕生日が近かったらしくてな。散々メニューの相談やレシピの質問をされた」

少しうんざりとした顔。それを見詰《みつ》める麻貴は狐《きつね》につままれたような気分だった。

「…そうだったんですか」

「妙《みょう》な勘違《かんちが》いをしていたようだけど、これで誤解は解けたか？」

顔を覗《のぞ》きこむようにして視線を交《か》わしてから問われて、麻貴は一瞬言葉を詰《つ》まらせる。思わず伏《ふ》せた目元にパッと朱《しゅ》が散った。

それでは鷹邑の言う通り、須山とのことはすべて完全に麻貴の勘違いだったというわけだ。真相とはまったく別の自分勝手な思い込みに、麻貴はずっと振《ふ》り回されていたのだ。一人で勝手に悩《なや》んで、泣いて、諦《あきら》めて――…心底馬鹿《ばか》みたいだと思う。

あまりに間抜《まぬ》けな自分が恥《は》ずかしくて、情けなさにカッカと顔が火照《ほて》っていく様子は完熟トマトにでもなった気分だった。

「太一くんのお誕生日会のことを大袈裟《おおげさ》なくらいに感謝されて、でもあれは、もとはといえば蓮宮が最初に言い出したことだ。俺が保護者から気軽に相談を持ちかけられるようになったきっかけも、お前が作ってくれたんだから」

頭上から静かに降り落ちてくる声が、ひどく優《やさ》しい響《ひび》きで語りかけてくる。

「彼女もそれをわかっているから、蓮宮にもこれを見せて改めて礼を言いたかったんだろう。だから、俺はお前を呼びに行ったんだ」

「え?」

見上げると、一瞬交差した真摯《しんし》な眼差《まなざ》しがバッが悪そうにすいっと僅《わず》かに宙に逸《そ》らされた。

「そうしたら、園内にいるはずのお前はもうどこにもいなくて——……とりあえず、写真だけ預かって彼女たちには帰ってもらって、俺はこれからお前の家に行くつもりだったんだよ」

ムスッと言われて麻貴は目を瞠《みは》った。ちらと視線を戻した鷹邑が、その時ふっと含《ふく》み笑う。

「まさか、須山さんとのことを誤解して帰ってしまうとは思わなかった」

「なっ!」

面白《おもしろ》がる気配に、さらに顔を赤らめた麻貴はキッと眉尻《まゆじり》を跳ね上げた。麻貴は首を振りながら肩《かた》ごと身体《からだ》を抱き込んでいる腕《うで》を引き剝《は》がそうとするが、「違うのか?」と鼓膜《こまく》をくすぐるように甘く問われた途端《とたん》、くにゃりと腰《こし》から力が抜《ぬ》け落ちて急におとなしくなってしまう。その隙《すき》をついて、鷹邑が両腕《りょううで》でしっかりと抱き直す。

くるりと身体を反転させられ向き合う恰好《かっこう》にされて、カアッと顔が火を噴《ふ》いた。

「須山さんとの事は、そういうわけだ。彼女の話はもういいだろう」

「……」

「俺からも蓮宮に訊いておきたいことがある」

「……?」

真剣《しんけん》な眼差しに見詰められて、麻貴は戸惑うように小首を傾《かし》げる。一つ息をつく間を挟《はさ》み、鷹邑は僅かに目元《めもと》を眇《すが》めると静かに問いかけてきた。

「立花とは、本当はどうなってる？」

「…湊、先生？　どうなってる…って、何がですか？」

本気で何を問われているのかわからなくて困り果てた麻貴は訊き返す。そういえば、鷹邑がなぜだかしきりに湊のことを気にしていたのを思い出した。普段《ふだん》はその名前を口にするのも嫌だというほど態度をあからさまにしているというのに。

少し考えるような仕草をしてみせて、鷹邑が質問を変える。

「なら、あいつのことをどう思ってる？」

「どうって……いい、先輩《せんぱい》？」

「それだけか？」

重ねて問われて、麻貴はこくりと頷いた。質問の意図がまったく読めないが、湊のことは気さくで面倒見《めんどうみ》のいいある意味憧《あこが》れの存在ではあるけれど、一言で表すなら職場の先輩という答え以外思いつかない。

きょとんとする麻貴の前で、鷹邑は「そうか」とどこかホッとしたように呟《つぶや》いた。そして、

「それじゃあ、俺は？　蓮宮は俺のことをどう思ってる？」

「――…っ」

そう真摯に問われた途端、麻貴は自分の顔が見る間にボッと火を噴いたように熱くなってゆ

くのがわかった。切れ長の漆黒《しっこく》の瞳《ひとみ》に映るひどくうろたえている自分の姿を見て、今、この瞬《しゅん》間《かん》伝えなければ、とくるおしいほどの衝動《しょうどう》に駆《か》られる。

「お、俺は……鷹邑さんの、ことが……っ」

けれども、いざとなるとぱくぱく口を動かすだけで肝心《かんじん》な一言がなかなか出てこない。胸の中には、もう随分と前から隠《かく》し切れないほどの大きさでそれは在るのに――。

もどかしさに涙《なみだ》がぶわりと浮《う》かび上がる。

「蓮宮」

ふいに優しく頬《ほお》に触《ふ》れられて、麻貴はふるると小さく身震《みぶる》いした。

「今日――。棺《ひつぎ》の中で眠《ねむ》っている蓮宮を見たら、劇の最中《さいちゅう》だってことも忘れてお前にキスしたくて堪《たま》らなくなった」

目の縁《ふち》に盛り上がっている涙をそっと掬《すく》い取って、鷹邑はいとおしげに目元を細める。

「触れたら――、いちごみるくの味がするから…堪らなかった」

「あっ、あれは、緊張緩和剤《きんちょうかんわざい》だとか言って、那智先生がくれたんです。広間にあったのをくすねてきたからって」

「チョコレートは置いてあったけど、キャンディは用意してなかったぞ」

「え？」

麻貴は思わず目をぱちくりとさせた。鷹邑が微苦笑《びくしょう》して、明かす。

「和泉は俺が持ち歩いているのを知ってて、取り上げて行ったんだよ。お前が欲しがってるって、嘘《うそ》丸分かりなこと言って」

「な、那智先生が……え、嘘？」

「あいつもこっちが勘繰《かんぐ》るのを見越《みこ》してわざと近付いて来たからな。そこのエプロンだって不本意だが同じ理由だろ。……まあそれぐらい、あいつらからしたらじれったかったんだろうな」

お節介《せっかい》なヤツばかりだと、鷹邑がカウンターの上に置いたエプロンをちらと横目に見やった。

そして麻貴に向き直ると、何とも言えない表情をしてみせる。

「俺が悪いんだ。……こんな想《おも》いをしたのは初めてで、情けないことにどうしていいのかわからなくて、参った」

掠《かす》れた語尾とともにいきなり彼はことり、と麻貴の首筋に顔をうずめてきた。熱い吐息《といき》が肌《はだ》を撫《な》でた瞬間、麻貴の胸にある感情がぐんとはちきれんばかりに膨《ふく》れ上がる。

「――一番初め、ここでしたキスも、イタズラなんかじゃない」

「…っ」

首元で囁《ささや》くようにしゃべられると、ゾワリと皮膚《ひふ》が粟立《あわだ》って唇《くちびる》から嚙《か》み殺せなかった甘い吐息が漏《も》れた。

「新人としてやって来た蓮宮を最初に見た時――…こんな頼《たよ》りなさそうなヤツが保育士なんて大丈夫《だいじょうぶ》なのかって、正直思った。でも毎日一生懸命《けんめい》がんばってて、忙《いそが》しそうにしながらも子どもに囲まれて楽しそうにしてるお前は本当にこの仕事が好きなんだって伝わってきて、……お前の笑顔《えがお》に、子どもだけじゃなく密《ひそ》かに俺まで元気をもらってたよ」

——今考えると、それくらい俺はお前の事をずっと見てたんだな……。

どこか懐《なつ》かしむような吐息だけの微《かす》かな笑みに、ふるりと胸が切なげに震《ふる》えた。

「……一日に一回でもお前を見るとホッとした。会釈《えしやく》だけの挨拶《あいさつ》でも交《か》わせたら嬉《うれ》しかったし、毎日給食を取りに来るお前のためにプレートによそうのが楽しみだった。俺たちの作った給食をおいしそうに食べてくれている姿を見かけると幸せな気分になれて……でも、同時に立花とじゃれつく姿まで目にする羽目になって苛立《いらだ》ちもしていた。……そんな俺のところに、突然《とつぜん》お前は気紛《きまぐ》れにやって来て、手伝うなんてかわいいことを言うから——。料理なんてまともにしたことがないだろうに、俺の指示にいちいち真面目《まじめ》に返事をして言われた通りに一生懸命ちょろちょろ動き回る……まったく」

首筋に唇を寄せるようにして紡《つむ》がれるほとんど独白に近い悩ましげな掠れ声が、直接肌から沁《し》み込んで身体中の血液を滾《たぎ》らせる。

「一度かわいいと思ったら、どうしようもなく触れてみたくて——…気がついたら、キスしてた。でも、お前にあからさまに傷ついた顔されて、すぐに後悔《こうかい》したよ。それから、どうやってお前との溝《みぞ》を埋《う》めたらいいのか悩んで…お前は、俺を見るたびにビクつくし。怖《こわ》がらせないようにと思っても、お前はわざわざ見せつけるかのように俺の前で、…よりによって立花なんかに懐くから」

——嫉妬《しつと》で狂《くる》いそうになる、と。熱い呼気とともに低く押し殺した声に告げられて、一気に心拍数《しんぱくすう》が極限まで跳《は》ね上がった。

「……誕生日会の事。俺に相談してくれて、嬉しかったんだ。ちゃんと、お前が俺に笑いかけてくれて、ホッとした。だから今度は、衝動的にバカなことをして嫌《きら》われないように、こうやって触れたいのを必死に我慢《がまん》して、慎重《しんちょう》に接していたつもりだったのに——。それなのに、お前がまた俺から逃《に》げようとするから……。何か気に障《さわ》ることをしてしまったのかと思って……たぶん、今までで一番頭を悩《なや》まされたよ」

首筋をくすぐる、微かな自嘲《じちょう》。

珍《めずら》しく饒舌《じょうぜつ》な男が静かに紡ぐ言葉から、見えなくて苦しめられた彼の心情が、今は痛いほどに伝わってくる。

「お前が須山さんのことをやたらと気にしているから、一度は彼女にも勘違《かんちが》いな嫉妬をした。だけど、話を聞いているうちにもしかしたらと期待して……。でも突然、俺じゃなくて立花のところに行くって言われた時——…頭の中で、何かがブチ切れた。お前に嫌われるのが一番怖かったのに……泣かせるつもりなんて、なかったのに……ごめん」

「…っ」

そんなふうに謝らないでほしい。

苦しげに吐《は》き出される声に、胸がいっぱいになり目頭《めがしら》がまたじわりと熱くなる。

「正直、あれから毎日辛《つら》くて仕方なかった。お前の顔を見ると、また泣かせてしまいそうな気がして怖かった。でも、今日——…。あいつに借りを作るのは嫌《いや》だったけど、この機会を逃《のが》したら、もう次はないと思ったから……」

言葉は続いていたけれど、後半一段とくぐもった声はよく聞き取れなかった。

「家に閉じ籠《こも》られても――、押し掛《か》けてこじ開けて、お前に会って伝えるつもりだった」

次の瞬間グッと肩を引き寄せられたかと思うと、息が止まるほどにきつく抱《だ》き竦《すく》められる。

そして鼓膜《こまく》に直接吹《ふ》き込むように切なげにその一言を囁かれて、本気で心臓が止まるかと思った。

――…好きだ。

堪《こら》えていた涙が堰《せき》を切って一気に溢《あふ》れ出す。ゆるんだ唇から嗚咽《おえつ》とともに言葉がぽろぽろ零《こぼ》れ落ちた。

「…だって、やっと自分の気持ちがわかったと思ったら、失恋《しつれん》決定で…っ、でも、太一くん見てたら、諦《あきら》めなきゃって……、好きだって、言っちゃいけないって自分に言い聞かせるのは、苦しかっ……んんっ」

言い終わらないうちに、咬み付かれるようにして唇を塞《ふさ》がれた。切羽詰《せっぱつ》まった熱い舌先が、強引《ごういん》に歯列を割って麻貴のそれをきつく搦《から》め捕《と》る。

一瞬驚《いっしゅんおどろ》くが、次には心が震え上がるほどの嬉しさが溢れんばかりにこみ上げてきた。

内側で外に出たくてもがいていたモノが、鎖《くさり》を千切って己《おのれ》を解き放つ。

縦横無尽《むじん》に口腔《こうこう》を貪《むさぼ》っていた肉厚の舌に自らもぎこちない動きで必死に舌を絡《から》ませた。

「……ん…ぁ、…んん」

吐息ごと奪《うば》うような激しいくちづけを、何度も何度も角度を変えて交わす。

飲み込みきれずに口の端《はし》から溢れた唾液《だえき》がつー、と顎《あご》を伝って喉《のど》を淫《みだ》らに濡《ぬ》らした。その僅《わず》かな刺激《しげき》にもすでに熱を帯びた腰《こし》はズクリと熱く疼《うず》く。

「ふ……ん、はぁ…」

長く触《ふ》れ合っていた唇がふいに離《はな》れた。

濡れて色みの増した男の唇をとろんとした眼差《まなざ》しで追いかけながら、ほとんど使いものにならない頭で離れたくないとぼんやり思う。

もっと、触れたい…。いっぱい、触れてほしい…。

「鷹邑さん…」

麻貴は腕《うで》を伸《の》ばした。

ぎゅっと、きつく抱き締《し》めてほしい——。

「——っ、これ以上俺を煽《あお》るな」

「…ん、ぁ」

拙《つたな》い誘惑《ゆうわく》に負けた逞《たくま》しい腕が華奢《きゃしゃ》な身体《からだ》を軋《きし》むほど強く抱き竦め、外気で少し冷えた唇をまた熱く濡らしてゆく。

気持ちよすぎて、もう何も考えられない。

とろけた思考は関係なく、身体が、心が、もっとこの手に触れてもらいたいと貪欲《どんよく》に求めていた。

僅かな隙間《すきま》から甘い吐息を漏らしながら、麻貴は本気で思う。

彼の腕の中でなら、何もかもどろどろに溶《と》けてなくなってしまっても構わないと――。


天然大理石のワークトップカウンターの上に座らされて、啄《ついば》むようなキスを繰《く》り返しながらゆっくりと押し倒《たお》された。

いつの間に釦《ぼたん》を外されたのか、きっちり着込んでいたはずのシャツから滑《なめ》らかな胸元《むなもと》がはだけている。

綺麗《きれい》に浮《う》き出た鎖骨《さこつ》を愛《いと》おしそうに舐《な》めていた舌が、ふいに薄紅《うすべに》色の胸の粒《つぶ》を突《つつ》いた。

「…ぁ」

湿《しめ》った感触《かんしょく》に触れられて、背筋を何とも言えない痺《しび》れが走る。

もどかしさにもぞりと身体を捻《ひね》ると、僅かに顔を上げた鷹邑は、まるで新しい玩具《おもちゃ》を与《あた》えられた子どものような執拗《しつよう》さでそこを舐《ねぶ》り始めた。ぷくりと膨れた熟《う》れた粒を器用に動き回る舌先が捏《こ》ね回す。

「ふ…ぁ、…っん」

ピチャ…ピチャ…と、わざと音を立てるように舐《な》めしゃぶられて、ゾクゾクと内側から湧《わ》き上がってくる未知の感覚に思わず歯を食い縛《しば》った。

「…っ、ん……は、ぁ…」

無意識に浮き上がった背中に素早《すばや》く腕が差し込まれ、薄《うす》い胸を抱き寄せられたかと思うと更《さら》にきつく吸い付かれた。もう片方の尖《とが》りは指で摘《つま》まれ、引っ張られ、少し痛いくらいの刺激に麻貴の口から甘い喘《あえ》ぎが漏れる。

背中の溝をつーっと、欲情する指先が腰に向かって下りてゆく。

すでに前立ての開かれたジーンズのウエストからするりと手が潜《もぐ》り込んできたかと思うと、一気に下着ごと下衣をずり下ろされた。あっという間に足から引き抜《ぬ》かれて、むき出しの尻《しり》がぺたりと石に引っ付く。

「ひゃっ…」

ひやりとした感触に、麻貴は一瞬ピクリと腰を浮かす。

「悪い、冷たかったか」

気遣《きづか》う声に、大丈夫《だいじょうぶ》だと首を振《ふ》った。

すると、頭上で鷹邑がふっと微笑《ほほえ》む。その顔が見たこともないくらい甘さを含《ふく》んでいて、少し火照《ほて》りの収まりかけていた麻貴の身体は再び熱を持って疼き出した。

「…あっ」

ふいに大きな手に中心を捕らえられて、ピクンと腰が跳ねた。

煌々《こうこう》と電灯の光が降り注ぐ下、カウンターの上に仰向《あおむ》けになり丸裸《まるはだか》の下肢《かし》を割られる恰好《かっこう》はひどくいたたまれない。恥《は》ずかしくて真っ赤に染まった顔を、咄嗟《とっさ》に交差した腕で覆《おお》い隠《かく》す。

「隠さなくてもいいだろう」

笑《え》みを含んだ声が降ってきて、やんわりと腕をどかされる。優《やさ》しく眇《すが》められた眼差しに見つめられると、それだけで胸が切ないほどに高鳴った。

濃密《のうみつ》な空気に自然と瞼《まぶた》を閉《と》ざす。

すぐに唇《くちびる》が重なって、淹《い》れたての紅茶にポトンと落とされた角砂糖のように思考が形を崩《くず》して溶けてゆく。

キスを交わしながら下肢をまさぐっていた手のひらが、すでに首を擡《もた》げていた劣情《れつじょう》をゆるゆると扱《しご》き始めた。

そのうち敏感《びんかん》な部分ばかりを的確に攻《せ》められ、見る見るうちに硬《かた》く張り詰《つ》めた先端《せんたん》が解放を求めて切なげに震《ふる》え出す。透明《とうめい》な体液が滲《にじ》み出る鈴口を指先で軽く押されれば、麻貴は唇を塞がれたまましなやかな背中を限界まで反らした。

口腔を貪っていた彼が微《かす》かに笑う。

「…ん…ぁ、ん…っ」

早く決定打を与えてほしくて、麻貴は半ば無意識に彼の手のひらに押し付けるようにして腰を揺《ゆ》らした。

どこか遠慮《えんりょ》がちだった手つきが、その瞬間枷《かせ》が外れたかのように一気に追い上げてくる。

「んっ、んんっ」

けれども、初めて触れられた時のような乱暴さはまったくなく、愛おしげに絡みつく指の一本一本から、麻貴を大切にしようとする彼の想《おも》いが伝わってくるようだった。

嬉《うれ》しさと悦《よろこ》びで、泣きたいほどに胸がいっぱいになる。

無理に追い上げられるのと違《ちが》って望んで高みを目指すから、昇り詰めるのもあっという間だ。

「ん、ん、ん――――っ」

突如《とつじょ》、目の前に閃光《せんこう》が散った。

忙《せわ》しい呼吸音に紛《まぎ》れて、銀糸を引きながら鷹邑がゆっくりと顔を上げた。

「気持ちよかったか？」

絶頂の後の気だるい心地《ここち》よさにうっとりとしている麻貴を見下ろして、甘ったるく微笑む。

そして彼は、手にべっとりと付着した精液を赤い舌でペロリと舐め取ってみせた。

「…っ、何、やってるんですか！」

ギョッとして、ぼんやりとしていた思考が一気に覚醒《かくせい》する。

ところが鷹邑はありえないだろう感想を述べて、麻貴を瞬時に赤面させた。

「…お前のだから、うまい」

まるで甘い蜂蜜《はちみつ》を舐めるように、彼は麻貴が吐《は》き出した白濁《はくだく》においしそうに舌を這《は》わせる。

硬く尖らせた舌先が、指先から股《また》へと、わざと見せつけるようにゆっくりと辿《たど》ってゆく。

その仕草の淫猥《いんわい》さに、思わず喉がコクリと鳴った。

「あっ！」

ふいにするんと滑らかな尻を撫《な》でられて、身体を支えていた肘《ひじ》の力がカクリと抜けた。再びカウンターの上に押し倒された麻貴は、剝《む》き出しの尻を撫で回されながら戸惑《とまど》う。

「…ぁ、鷹邑、さん…？」

「色白だな。今度、白桃《はくとう》を使ったデザートを考えてみるか。…旨《うま》そうだな」

「…っ、鷹邑さん？　噛《か》ま、ないで…ぁっ」

みずみずしい柔肌《やわはだ》にくっきりと赤く浮き上がった歯形をなぞるように尖らせた舌先で舐《な》め回されて、宙に浮いた爪先《つまさき》が思わずキュッと丸まった。

愛しそうに目元を細めた鷹邑は、麻貴のやわらかく敏感な内腿《うちもも》にチュッと音を立ててくちづけると、いきなり細腰《ほそごし》を摑《つか》んでぐいっと自分の方に引き寄せた。そしてカウンターの端《はし》からはみ出した両足を軽く持ち上げる。

きめ細かく張りのある双丘《そうきゅう》の狭間《はざま》を長い指で辿られて、ゾクゾクッと背筋が戦慄《わなな》いた。

「…ぁっ」

後孔を探《さぐ》られて、吐息《といき》混じりの声が漏《も》れる。反射的に目を瞑《つぶ》った。

「っ、…？」

覚悟《かくご》を決めたその時、ふいに後孔に生温かいものが塗《ぬ》りつけられた。ぬるりとした感触に麻貴は思わず眉根《まゆね》を寄せて、恐《おそ》る恐る目を開く。

「た、鷹邑さん、それっ」

そして、彼が更に塗り足そうとしているものの正体を知って、ギョッと目を剝いた。

手元に引き寄せた銀のボウルから掬《すく》い取ったそれは、純白のクリームだ。

「豆乳クリームだよ。好きだって言ってただろ？　ロールケーキを焼こうと思って泡立《あわだ》てたんだ。でも――…使い道を変更《へんこう》だな」

彼は楽しそうに、たっぷり掬い取ったクリームを無垢《むく》な後孔に塗り込める。

まるで自分がスポンジケーキにでもなったみたいで、鷹邑の手でデコレーションされていく倒錯《とうさく》的な感覚に、カアッと全身の血液が沸騰《ふっとう》したように熱くなった。

「や、だ…っ」

「きちんと慣らさないと。この前みたいに急ぎすぎて、お前に痛い思いはさせたくない」

「で、でも――…あっ」

しばらくゆるゆると円を描《えが》くようにソコをなぞっていた指が、突然《とつぜん》つぷん、と内側に潜り込んでくる。

「心配しなくても、あとで綺麗に洗い流してやる。無駄《むだ》に設備が調《ととの》っているからな、ここは。プールの更衣《こうい》室以外にシャワールームがあるのを知ってたか？　まだ使ったことないだろう」

あとで教えてやると、戯《たわむ》れるように耳朶《みみたぶ》を甘噛《あまが》みされて、ヒクリと内襞《うちひだ》がひくついた。浅く抜き差しを繰り返していた長い指を思わず締《し》め付けてしまい、骨張った形をリアルに感じ取る。

「ぁっ」

小さな孔がクッと拡《ひろ》がって、指が二本に増やされる。

たっぷりと塗りたくられたクリームのおかげで痛みはなかったけれど、自分でも触《ふ》れたことのない奥をじっくりと拓《ひら》かれていく感覚は、やはり何とも言えないものがある。

「中で、クリームがドロドロだ」

ぐちゅ…ぐちゅ…、と卑猥《ひわい》な音をわざと聞かせるように、深く突《つ》き刺《さ》さった二本の指が熱い中を大きく掻《か》き混ぜた。指が抜き差しするたびに、熱で溶《と》けたクリームが泡を立てて溢《あふ》れ出す。

やわらかな肉襞を擦《こす》られて、半開きの唇からはひっきりなしに喘《あえ》ぎ声が漏れる。こんなところをいじられて、嬌声《きょうせい》を上げている自分を羞《は》じる余裕《よゆう》はすでになかった。それどころか、引きずり出された未知の快感に煽《あお》られて、もっと触《さわ》ってほしいとさえ思う。もっと奥まで触れて、クリームと一緒《いっしょ》に麻貴までもドロドロに溶かしてほしい――。

こんなことを考えてしまう自分は、どこかおかしいのだろうか。

「あ、…ぁんっ」

とろりと後孔から流れ出したクリームが、うっすらと桃《もも》色に色付いた双丘に白い道筋を描いた。悩《なや》ましげにくねる腰《こし》つきを眺《なが》めて、鷹邑の逞《たくま》しい喉仏《のどぼとけ》がコクリと上下する。

「エロいな…」

情欲に掠《かす》れた声が呟《つぶや》いて、次の瞬間、片足を肩《かた》に担《かつ》がれた。その途端《とたん》、浅く突き刺さっていた指の腹が内側のある一点をグッと押し上げる。

「ああっ！」

ビリビリッ、と痺《しび》れるような快感が電流のように脳天まで突き抜《ぬ》けた。反射的に背中が反り返り、浮《う》いた爪先が空を蹴《け》る。

「…ここか」

「や…っ！」

以前は暴《あば》かれなかった隠《かく》されていた敏感な部分を探り当てた指先が続け様に数度擦り上げる。

そのたびに狂《くる》おしいほどの強い快感が生まれて、麻貴は腰をビクビクと跳《は》ね上げて身悶《みもだ》えた。汗《あせ》の浮いた額に前髪《まえがみ》を張り付かせて、半ば無意識にかぶりを振《ふ》る。達したばかりの中心が再び下腹部に引っ付きそうなほどに勃《た》ち上がり、震えながら限界が近いことを訴《うった》えている。

その時、ふいにずるりと指が引き抜かれた。

「あ…」

突然空洞《とつぜんくうどう》になって驚《おどろ》いたソコが、物欲しげにひくつく。

熱く疼《うず》く場所に、早くもう一度触れてほしいのに——。

「——そんな目で見るな。抑《おさ》えがきかなくなる」

視線を交《か》わした鷹邑が、困ったように眉根を寄せた。

「抑え、なんて…」

そんなもの必要ないのに、と思う。

いっそ壊《こわ》されてしまいたいと、刹那《せつな》的な眼差《まなざ》しで彼を見つめ甘えるように手を伸《の》ばした。

「好きにしていい、から——…あっ」

その途端《とたん》細腰を乱暴に引き寄せられ、視界に再び眩《まばゆ》いほどの白い天井《てんじょう》が現れる。

「あんまりかわいいのも、考えものだな」

高く掲《かか》げられた両足の間から情欲にまみれた鷹邑の眼差しが麻貴を真っ直《す》ぐに見つめ、そして次の瞬間、やわらかくほぐれた後孔にグッと切羽詰《せっぱつ》まった切っ先が突き刺さった。

とろとろに潤《うる》んだ筒《つつ》の中を、鷹邑の劣情《れつじょう》で一気に最奥《さいおう》まで貫《つらぬ》かれる。

「——っ！」

声にならない悲鳴を上げて、強引《ごういん》に肉襞を押し拓かれる衝撃《しょうげき》に麻貴は大きく仰《の》け反った。視界が真っ赤に染まったかと思った直後、すぐに激しい抽挿《ちゅうそう》が開始されて目の前がスパークする。

「あっ、あっ」

腰を揺《ゆ》さぶられ、硬《かた》く張り詰《つ》めた怒張《どちょう》に中を擦られて、次から次へと津波《つなみ》のように襲《おそ》い来る快感の波に今にも呑《の》み込まれてしまいそうだった。

火傷《やけど》しそうに熱い鷹邑を自分の中に受け入れて、悦《よろこ》びに涙《なみだ》が溢れる。

幸せすぎて、胸がはちきれそうになる——。

「あっ、ぁんっ、…鷹邑さん、…ぁ、好き…っあ」

「…っ」

伸ばした腕《うで》を強い力で引き寄せられて、唇《くちびる》を寄せた耳に彼の声で同じ言葉を吹《ふ》き込まれた。

たった二文字の言葉に、本気で殺されるかと思うほど心臓がきゅんと高鳴る。どうしようもなく込み上げてくる歓喜《かんき》に胸が打ち震《ふる》え、ゾクゾクッと背中を怖《こわ》いほどの甘い戦慄が駆《か》け上った。

「好き…鷹邑さん、大好き…」

逞しく張り出した先端《せんたん》に、狙《ねら》い澄《す》ましたように敏感《びんかん》な浅い部分を強く擦られればもうダメだ。

「もう、ダメ…っ、でる…っ」

「…俺も、だ…っ」

低く呻《うめ》いて、鷹邑が大きく腰を打ちつける。

抉《えぐ》るように最奥を突き上げられた、その刹那、

「あ――っっ」

「…っ…ぅっ」

痛いほどに張り詰めていた劣情が勢いよく弾《はじ》け、ほぼ同時に奥深くに熱い迸《ほとばし》りが叩《たた》き付けられた。じわじわと快感に濡《ぬ》らされる感覚に甘く酔《よ》い痴《し》れながら、落ちてゆく――。

「…蓮宮？」

名前を呼ぶ声でハッと気がつくと、心配そうに覗《のぞ》き込んでくる鷹邑と目が合った。どうやら達した後、僅《わず》かの間気を失ってしまっていたらしい。

「悪い。手加減できなくて、つい…」

麻貴の額にかかる前髪をそっと掻き上げながら、鷹邑が申し訳なさそうに言ってくる。

「……」

喘ぎすぎて咄嗟《とっさ》に出ない声の代わりに、大丈夫《だいじょうぶ》、と微笑《ほほえ》んで、緩《ゆる》く首を振って返した。

ホッとした様子の彼に優《やさ》しく抱《だ》き締められて、麻貴は愛《いと》しい匂《にお》いを胸いっぱいに吸い込む。

そして、砂糖菓子《がし》のように甘くとろけるような幸せを噛《か》み締めながら、こんな『つい』ならもっと言われたい――と、密《ひそ》かに願った。

9

季節は八月に入り——。

まだ随分《ずいぶん》と明るい夕空には遠くに入道雲も見える。玄関《げんかん》の両脇《りょうわき》に広がる手入れの行き届いた花壇《かだん》に咲《さ》いた大輪の向日葵《ひまわり》が、親に連れられて次々と園舎から出てくる園児たちを微笑ましげに見送っていた。

「龍くん、加奈ちゃん、さようなら」

「「マキせんせい、さようなら！」」

「また、明日ね」

母親を置いて仲良く手を繋《つな》ぎオレンジ色に染まったアプローチを歩いて帰って行く二人を麻貴は手を振って見送りながら、数年後の彼らを思い浮かべてひっそりと微笑んだ。

自宅が近所で親同士も仲の良い両家だから、幼馴染《おさななじ》みの子どもたちもこれから先付き合いが続いていくのだろう。朝は門をくぐると競《きそ》うように駆け寄って来て麻貴の取り合いを始めるくせに、帰りは他人が入り込めないくらいにしっかりと手を繋いで『さようなら』と言ってくるのだから、先生としてはちょっとさみしい。

のんびりとおしゃべりをしながら子どもの後を追いかける母親たちとも挨拶《あいさつ》を交わして、入れ替《か》わるようにやって来る次のお迎《むか》えを待つ。西窓のステンドグラスを透《す》かした光が照らす朝とは違《ちが》う色の玄関ホールを、弾《はず》むような小走りでこちらに駆け寄ってきたのは須山だった。

「麻貴先生！」

「須山さん。あ、今太一くんを呼んで来ますね」

会釈《えしやく》して、麻貴は早々に廊下《ろうか》を振り返る。お楽しみ会以降何度か顔を見かけはしたけれど、こうやって言葉を交わすのは数日振《ぶ》りだ。まだほんの少し、彼女の明るい笑顔《えがお》を正視するのはうしろめたい。

ちょうど保育室から顔を出した亮司に伝えると、彼に名前を呼ばれた太一の元気な声が聞こえてくる。須山に待ってもらうよう告げて、麻貴は一度保育室に戻《もど》ろうと踵《きびす》を返した。その背中を興奮気味の声が引き留める。

「そうだ！　この前の麻貴先生の白雪姫、すっごくキレイでした！」

「あ、ありがとうございます」

半ば反射的に礼を言う。咄嗟に取り繕《つくろ》った笑みは僅かにひくりと頬《ほお》が引き攣《つ》った。それは先日からいろんな人に言われ続けた褒《ほ》め言葉だったが、麻貴としては『キレイ』と言われても内心複雑なものがある。

そんな麻貴の心情などお構いなしに、須山はますます興奮して言った。

「王子役の鷹邑先生もカッコよかったし。お二人ともお似合いで、もー惚《ほ》れ惚《ぼ》れしちゃいましたよぉ」

「へっ？」

ところがこれにはさすがに動揺《どうよう》を隠せず、麻貴の声も思わず裏返る。

きょときょとと忙《せわ》しなく視線を彷徨《さまよ》わせる麻貴に、彼女は一歩歩み寄って声を潜《ひそ》めると更《さら》にこんなことを言ってくる。

「特に、最後のラブシーンは見入っちゃいました」

「――ッ！」

「やだぁ、麻貴先生。耳まで真っ赤ですよ」

「ええっ!?」

「あの劇、私真っ正面の特等席で録画できたので、ＤＶＤに焼いておきますね！　他《ほか》のお母さま方にも欲しい欲しい、って言われてるんですよ。素人《しろうと》が撮《と》ったにしては結構上手《うま》く撮れてると思いますから、楽しみにしててくださいね。写真もたくさん撮ったので一緒《いっしょ》に持ってきます」

からかいに思わず両耳を塞《ふさ》ぐ麻貴を見て、須山は心底楽しそうに笑っている。

ホント、心臓に悪い――…。

もちろんこちらの内情など何も知らないはずの彼女は、ただ無邪気《むじゃき》にからかっているだけなのだろうけれど、あの日の出来事は麻貴にとっては単なる思い出話では終わらないのだから。

一方、ひとしきり笑ってこの話は気が済んだのか、須山は唐突《とうとつ》に「話は変わりますけど」と、前置きをして再び喋《しゃべ》り始めた。

「この前、鷹邑先生に預けた写真。麻貴先生も見て下さったんですよね」

「え？　ああ、はい。あの、かわいいウサギさんのハンバーグ」

何の事を言っているのかすぐに思い当たって麻貴が頷《うなず》いてみせると、途端《とたん》彼女はパッと顔を明るくする。

「昨日はエビフライを作ったんですよ。パン粉とかは使えないから揚《あ》げ物は避《さ》けてたんですけど、鷹邑先生に衣《ころも》にコーンフレークを使う方法を教えてもらって。食べられる物が増えて、太一も大喜びなんです」

嬉《うれ》しそうに身振《みぶ》りもつけて話す須山の手元が、その時、何気に麻貴の視界に入った。

「…？　ああ、これですか？」

どうやら無意識に凝視《ぎょうし》していたらしく、麻貴の視線に気づいた彼女が輝《かがや》いている自分の左手の薬指を恥《は》ずかしそうに軽く曲げてみせる。

「あ、すみません」

「いいえ。だって、麻貴先生は知ってるんですよね。鷹邑先生に写真を返してもらった時に、麻貴先生には話してしまった、って謝られたんですよ。別に隠《かく》すことでもないですから、構わないんですけど」

むしろ、惚気話《のろけ》を聞いてくれますか？　という雰囲気《ふんいき》に、胸のどこかでまだ小さくしこっていたものが一気に弾けて、麻貴は思わず苦笑《くしょう》を漏《も》らした。

「そういえば──。先月？…違う、もっと前かな？　日曜日に偶然《ぐうぜん》、スーパーで鷹邑先生に会った事があったんですよ。あの時、実は麻貴先生も近くにいたって、この前聞いたんですけど」

「え？」

唐突にぴょんと飛ぶ須山の話は、本当にひやひやする。

一体、鷹邑は彼女とどんな話をしているのだろうか。

「…そうですね」

「どこにいたんですかぁ？」

なぜかひどく残念そうに尋《たず》ねられて、麻貴は店内には入っていないことを教えた。

「なんだ、そうだったんですか。中にいたら、すごく面白《おもしろ》いものが見れたのに」

「面白いもの？」

不思議に思って小首を傾《かし》げると、須山はニンマリと笑って、

「お菓子《かし》コーナーで悩《なや》む鷹邑先生」

こそっと明かす。

「え？」

「お菓子コーナーを通りかかったら、なんかやたらと周りから浮《う》いている背の高い男の人がいたんです。でも、長身の後ろ姿になんとなく見覚えがあったから、ちらっと遠くから顔を覗いてみたら、なんと鷹邑先生だったんですよ！　ちょっと近付いてみても自分の世界に入ってて全然私のことに気づかないし。難しい顔をして何をじっと見てるのかと思ったら——」

そこで一旦《いったん》言葉を切って、彼女は思い出し笑いを堪《こら》えるようにして続けた。

「いちごみるくキャンディを見てたんですよ」

「……」

「しかも、買おうかどうしようか真剣《しんけん》に迷い中、って感じで。イイ男のそんな姿、貴重でしょう？　しかも、あの鷹邑先生ですよ？　ギャップがかわいすぎて、思わず笑っちゃったんですけど。調子に乗ってちょっとからかってみたら、すごい情報を聞いてしまったんです」

突然《とつぜん》、人差し指をぴんと立てて真面目《まじめ》な顔をする。そして、

「麻貴先生。鷹邑先生の彼女、知ってますか？」

「は？」

予想外の問いかけに、麻貴はきょとんとなった。

須山は一瞬《いっしゅん》しまったというような顔をしたが、もう仕方ないと思い直したのか、「内緒《ないしょ》ですよ」と念を押すと、誰かに言いたくて堪《たま》らなかったというふうにこんな事を教えてくれる。

「鷹邑先生の好きな人っていうのが、いちごみるくが大好きなんですって。その人用のストックが、そろそろなくなるような気がする——って、あの先生が真剣に言うんですよ！　結局、レジに持って行きましたけどね。あー、どんな人なんだろう。興味あるなぁ。ね、麻貴先生も気になるでしょう？……あら、先生どうしたんですか？」

「……いえ、何でもないです」

同意を求められても、こればかりは麻貴もどう答えていいのかわからない。じりじりと火照《ほて》り出す頬の変化に気づかれない事を祈《いの》るばかりだ。

走り寄ってくる。

とりあえず笑って誤魔化《ごまか》していると、絶妙《ぜつみょう》なタイミングでガラリとドアが開き、天の助けが

「マキせんせい！」

帰り支度《じたく》の整った太一は、タタッと駆《か》けて来て母親より先に麻貴に抱《だ》きついてきた。

小さな身体《からだ》を抱き留めて、廊下《ろうか》にいる亮司とアイコンタクトを交《か》わす。後は任せますと、麻貴に言い残して彼は保育室に戻って行った。

「太一は本当に麻貴先生が大好きだもんねぇ」

保育士に懐《なつ》いている愛息子《まなむすこ》の頭を撫《な》でながら須山が微笑《ほほえ》む。太一が大きく頷き、そして、

「うん！　ボク、大きくなったらぜったいマキせんせいとケッコンするんだ」

「えっ」

突然飛び出した爆弾《ばくだん》発言に、麻貴は思わず素《す》っ頓狂《とんきょう》な声を上げてしまった。

他の子からは何度か言われたことのあるセリフを太一の口から聞いたのはこれが初めてで、しかもこれほど真っ直《す》ぐに麻貴を見つめながらきっぱりと宣言したのは、彼が初めてかもしれない。

「そっか、そっか。太一は麻貴先生と結婚《けっこん》するんだ？　麻貴先生の白雪姫、キレイだったもんねぇ。先生のウェディングドレス姿も見てみたいなぁ。ねー、太一」

ところが、母親はどこまで本気なのかわからないことを言いながら、楽しそうに笑っている。

「マキせんせい」

「は、はい」

太一に呼ばれて、麻貴は反射的に姿勢を正した。大きな丸い瞳《ひとみ》が、子どもとは思えないほど真摯《しんし》な眼差《まなざ》しで見上げてくる。

「はやく大きくなるから、まっててね」

「……」

拙《つたな》い言葉で告げられたそれは、正真正銘《しょうめい》の真剣なプロポーズ。

ませた少年を見詰《みつ》めながら、四歳児でも立派な男なのだと改めて実感させられた麻貴なのだった。

息子がプロポーズする瞬間《しゅんかん》を見届けた母親はそれだけでとても満足げな様子で、その後は麻貴を困らせないように気を遣《つか》ってくれたのか、太一を上手《うま》く宥《なだ》めてさっさと引き上げて行った。

その後ろ姿を見送りながら、麻貴は半ば茫然《ぼうぜん》として呟《つぶや》く。

「子どもって、スゴイ……」

「まったく、油断もすきもない」

「――…ッ！」

ふいに聞こえてきた声に、麻貴はギョッと振《ふ》り返った。いつからそこにいたのか、すぐ間近に立つ鷹邑が麻貴をジッと見詰めている。

「園児も立派なライバル、か」

そして、小さく嘆息《たんそく》した。

「ライバルって……、心配しなくても浮気《うわき》なんてしないですから」

「当たり前だ。俺がお前を手放すなんて思うなよ。逃《に》げても追いかけて必ず捕《つか》まえるぞ」

「……」

冗談《じょうだん》のつもりが真面目に返されて、その執着《しゅうちゃく》心剝《む》き出しの熱烈《ねつれつ》な言葉にカァッと赤面する。

「そ、そういえば、お弁当、どうでしたか？　俺、さっそくからかわれたんですけど」

「こっちも目敏《めざと》いからな。すぐに気づかれたよ、弁当箱が変わってるの」

「ああ、やっぱり……」

八月最初の水曜日である今日から麻貴のお弁当ランチはめでたく復活していた。お弁当を作ってくれる鷹邑に、せめてものお礼としてお揃《そろ》いのランチボックスをプレゼントしたのだが、目敏い先輩《せんぱい》連中には当然の如《ごと》くあっという間に気づかれてしまい今日の昼休憩《きゅうけい》は散々からかわれたのだった。もっとも、勘《かん》のいい彼らにはすでに二人の関係はバレバレだったようだけど。

「すみません。俺と鷹邑さんじゃ、食べる場所が違《ちが》うから大丈夫《だいじょうぶ》かと思ったんですけど」

「別にいいだろ。むしろ仲間内にはバレてる方が、何かと都合がいい。人のものだと知ってたら、悪いムシが近付けば誰かしら払《はら》ってくれるだろ」

立花には必要以上に近付くなよ、ともう耳にタコの事をさりげに言い添《そ》えられて、麻貴は内心苦笑する。意外にも心配性《しんぱいしょう》で嫉妬《しっと》深いこの恋人《こいびと》は、麻貴が他《ほか》の誰よりも湊と一緒《いっしょ》にいるのが気に入らないらしい。

「あ、でも。湊先生が言ってましたよ。まだ借りを返してもらってないから、来週から五週分の弁当でチャラにしてやる——って、何の話ですか？」

「……蓮宮は知らなくていいことだ」

「そうですか…鷹邑さんと湊先生二人だけの秘密なんですね」

「虫唾《むしず》が走るようなことを言うな」

軽く頭を小突《こづ》かれて、麻貴は首を竦《すく》める。その目の前で鷹邑が何かをちらつかせてみせた。条件反射のように手で受け皿を作るとその中にポトン、とピンク色のキャンディの包みが一つ落ちてくる。

「これは他のヤツらからはもらうなよ」

「——はい」

麻貴は破顔し、受け取った愛の欠片《かけら》を愛おしげに見詰めた。

あとがき

初めまして、榛名悠《はるなゆう》と申します。このたびは拙作《せっさく》を手に取っていただき、本当にありがとうございます。保育園が舞台《ぶたい》のこのお話、いかがでしたでしょうか？

実在するなら一度でいいから覗《のぞ》いてみたい、イケメンだらけの保育園——という、単純な思いつきから生まれたお話でした。

その妄想《もうそう》をこうやって一冊の本という形にして頂けるなんて、まさに夢のようです。

実はルビー小説大賞に投稿《とうこう》した年の上半期、いろいろとよくない出来事が続き、当時の私の口癖《くちぐせ》は『あー、もう無理』、でした。そんな時、不意打ちに編集部様からお電話を頂き、奇跡《きせき》が起こった…！　とあの時ほど神様の存在を信じたことはありません。

本当に、人生何があるかわからない、という言葉を身をもって体験しました。

そして、この作品が私のデビュー作となります。

お金持ちの理事長がやらかすことなので、「いやいやいや…」という箇所《かしょ》もあるかもしれませんが、もうここは楽園なのだと思って見逃《みのが》してやって下さい。

私もこんな保育園に通って、美形のセンセイに抱《だ》っこしてもらいたかった……。

執筆《しっぴつ》中、『さくらおか』の子どもたちがちょっと羨《うらや》ましくなりました。だだっ広い園庭を駆《か》け回って、「マキせんせー」と無邪気《むじゃき》に叫《さけ》びながら突進《とっしん》し、鷹邑たちの作ったほっぺたの落ちるほどおいしい給食を思いっきり食べて、満腹になったらいそいそと布《ふ》団《とん》にもぐりこんで亮司の子守唄《こもりうた》を聞きながら爆睡《ばくすい》……したいです。まさに天国。

舞台が保育園ということで、作中には『保育園の先生』がたくさん出て来ます。このお話を読んで下さった皆様《みなさま》に、彼らの中に一人でもご自分の好みに引っかかる先生を見つけて頂けたら、これに勝《まさ》る歓《よろこ》びはありません。

この作品を出版して頂くにあたって、お世話になりましたたくさんの方々には感謝の気持ちでいっぱいです。

担当様と編集部の皆様、ご多忙《たぼう》の中、大変お世話になり本当にありがとうございました。特に担当様には、「とにかくキラキラさせましょう！」と言われたにもかかわらず、庶民臭《しょみんくさ》さがあちこちに滲《にじ》み出てしまい、すみませんでした。放《ほう》っておくとすぐにラブから脱線《だっせん》してしまう私を、何度も引っ張り戻《もど》してここまで導いて下さり本当に感謝しております。未熟者ではありますが一生懸命頑張《けんめいがんば》りますので、これからもよろしくお願い致《いた》します。

そして、ご多忙な中イラストを引き受けて下さったみなみ遥《はるか》先生。うちの本棚《ほんだな》の一段をキラキラと飾《かざ》ってもらっている先生のイラストで自分の書いたキャラを拝めるなんて、幸せすぎていまだに信じられません。感激です。本当にありがとうございました。

それから、居酒屋で話を思いついた時から懲《こ》りずに相談に乗ってくれたK嬢《じょう》。あなたがいなければこのお話は生まれていませんでした。本当にありがとう。また、ジャンルは適当に誤魔《ごま》化《か》して一人部屋にこもってカタカタとキーボードを叩《たた》き続ける私を、何も言わず放っておいてくれた家族にも改めて感謝を。

最後に、ここまで読んで下さった皆様に心よりお礼を申し上げます。

偶然《ぐうぜん》この本の発売月が誕生月と重なり、去年は人に言われるまで本気で忘れていた自分の誕生日でしたが今年は忘れられないものになりそうです。これが『記念』で終わらないようこれからも精進《しょうじん》し続けますので、どうぞよろしくお願い致します。

それでは、また皆様にお会いできることを祈《いの》って――。

二〇〇八年三月

榛名悠

KADOKAWA RUBY BUNKO
先生《せんせい》たちの秘密《ひみつ》のお遊戯《ゆうぎ》
榛名《はるな》 悠《ゆう》

角川ルビー文庫 R123-1 15169

平成20年6月1日 初版発行
平成21年1月25日 再版発行

発行者——井上伸一郎
発行所——株式会社角川書店
東京都千代田区富士見2-13-3
電話/編集(03)3238-8697
〒102-8078
発売元——株式会社角川グループパブリッシング
東京都千代田区富士見2-13-3
電話/営業(03)3238-8521
〒102-8177
http://www.kadokawa.co.jp
印刷所——旭印刷 製本所——BBC
装幀者——鈴木洋介

ISBN978-4-04-454101-9 C0193 定価はカバーに明記してあります。

KADOKAWA RUBY BUNKO

角川ルビー文庫

いつも「ルビー文庫」を
ご愛読いただきありがとうございます。
今回の作品はいかがでしたか?
ぜひ、ご感想をお寄せください。

〈ファンレターのあて先〉

〒102-8078 東京都千代田区富士見2-13-3
角川書店 ルビー文庫編集部気付
「榛名 悠先生」係

めざせプロデビュー!! ルビー小説賞で夢を実現させせよう!

第10回 角川ルビー小説大賞 原稿大募集!!

大賞 正賞・トロフィー＋副賞・賞金100万円
＋応募原稿出版時の印税

優秀賞 正賞・盾＋副賞・賞金30万円
＋応募原稿出版時の印税

奨励賞 正賞・盾＋副賞・賞金20万円
＋応募原稿出版時の印税

読者賞 正賞・盾＋副賞・賞金20万円
＋応募原稿出版時の印税

応募要項

【募集作品】 男の子同士の恋愛をテーマにした作品で、明るく、さわやかなもの。
未発表(同人誌・web上も含む)・未投稿のものに限ります。

【応募資格】 男女、年齢、プロ・アマは問いません。

【原稿枚数】 1枚につき40字×30行の書式で、65枚以上134枚以内
(400字詰原稿用紙換算で、200枚以上400枚以内)

【応募締切】 2009年3月31日

【発　表】 2009年9月(予定)＊CIEL誌上、ルビー文庫巻末などにて発表予定

応募の際の注意事項

■原稿のはじめに表紙をつけ、**以下の2項目を記入してください。**
①作品タイトル(フリガナ)　②ペンネーム(フリガナ)

■1200文字程度(400字詰原稿用紙3枚)のあらすじを添付してください。

■あらすじの次のページに、以下の8項目を記入してください。
①作品タイトル(フリガナ) ②ペンネーム(フリガナ) ③氏名(フリガナ) ④郵便番号、住所(フリガナ) ⑤電話番号、メールアドレス ⑥年齢 ⑦略歴(応募経験、職歴等) ⑧原稿枚数(400字詰原稿用紙換算による枚数も併記※小説ページのみ)

■原稿には通し番号を入れ、**右上をダブルクリップなどでとじてください。**
(選考中に原稿のコピーを取るので、ホチキスなどの外しにくいとじ方は絶対にしないでください)

■手書き原稿は不可。ワープロ原稿は可です。

■プリントアウトの書式は、必ず**A4サイズの用紙(横)1枚につき40字×30行(縦書き)**の仕様にすること。400字詰原稿用紙への印刷は不可です。感熱紙は時間がたつと印刷がかすれてしまうので、使用しないでください。

・同じ作品による他の賞への二重応募は認められません。

・入選作の出版権、映像権、その他一切の権利は角川書店に帰属します。

・応募原稿は返却いたしません。必要な方はコピーを取ってから御応募ください。

■小説賞に関してのお問い合わせは、電話では受付できませんので御遠慮ください。

規定違反の作品は審査の対象となりません!

原稿の送り先

〒102−8078　東京都千代田区富士見2−13−3
(株)角川書店「角川ルビー小説大賞」係